少年陰陽師

しょうねん　おんみょうじ

少年陰陽師 肆拾柒

替身之翅

かたしろの翅を繰り紡げ

結城光流—著 涂愫芸—譯

重要人物介紹

藤原彰子
左大臣藤原道長家的大千金，擁有強大的靈力。現在改名叫藤花。

小怪
昌浩的最好搭檔，長相可愛，嘴巴卻很毒，態度也很高傲，面臨危機時便會展露出神將本色。

安倍昌浩
十七歲的半吊子陰陽師。父親是安倍吉昌，母親是露樹。最討厭的話是「那個晴明的孫子?!」

六合
十二神將之一的木將，個性沉默寡言。

紅蓮
十二神將的火將騰蛇，化身成小怪跟著昌浩。

爺爺(安倍晴明)
大陰陽師。會用離魂術回到二十多歲的模樣。

朱雀

十二神將之一，是天一的戀人。

天一

十二神將之一，暱稱是「天貴」。

勾陣

十二神將之一，通天力量僅次於紅蓮。

太陰

十二神將之一的風將，個性和嘴巴都很好強。

玄武

十二神將之一，乍看是個冷靜、沉著的水將。

青龍

十二神將之一，從以前就敵視紅蓮。

脩子
內親王，因神詔滯留伊勢。

安倍昌親
昌浩的二哥，是陰陽寮的天文得業生。

安倍成親
昌浩的大哥，是陰陽博士。

天空
十二神將之一的土將，是十二神將的首領，雖然眼盲，但內心澄明。

風音
道反大神的愛女。以前她曾想殺了晴明，現在則竭盡全力幫助昌浩。

藤原敏次
陰陽得業生，在陰陽寮裡是昌浩的前輩，個性認真，做事嚴謹。

話語是言靈。
名字是最短的咒語。

1

被宣告的話語，稱為預言。

坐落各處的平房，幾乎都熄燈了。

現在是即將邁入另一天的時刻。

某處響起的嬰兒呱呱落地聲，鑽過了夜晚的黑暗。

小屋的小窗子透著燈光，傳出洪亮的哭泣聲。

地爐裡點燃的火焰照亮了產房，橙色的朦朧火光，從半開的板窗灑出來。

離地爐稍遠的木地板房間疊著好幾張草蓆，上面鋪著陳舊的布。

幾個米袋疊放在草蓆的一端，穿著白色單衣的女人背靠著米袋。白髮老婆婆單腳跪在女人旁邊，懷裡抱著一個用全新的布包住的新生兒。

「妳看，清洗乾淨了。」

老婆婆把剛出生的嬰兒交給了女人。嬰兒才剛泡過在地爐裡燒開的新生兒洗澡水，滿臉通紅地哭泣著。

嬰兒的父親和祖父坐在女人旁邊，看著終於生下來的孩子，眉開眼笑。

老婆婆是產婆，被請來幫女人接生。哭泣的嬰兒的父母親，也是她接生的。在這個榎之鄉，沒有一個人不是她接生的。然而，她已經決定，這個孩子將是她接生的最後一個嬰兒。

她年紀大了，眼睛、耳朵都不靈了，腰也彎了許多。

最後一個接生的是村長的孫子，對老婆婆來說是幸運的機緣。

這次是嚴重難產，幾乎所有人都以為沒救了。沒想到，經過很長的時間才從母親肚子裡生出來的嬰兒，竟然哭得比老婆婆接生過的任何嬰兒都大聲。

聽到嬰兒的哭聲，感覺到強韌的生命力，奄奄一息的母親才鬆了一口氣。

「是個充滿活力的繼承人呢。」

產婆細瞇起眼睛看著嬰兒。

首領一家人都淚眼婆娑地點著頭。

統領榎一族的首領，輕輕把手伸向了他的第一個孫子。

這時候，有人衝進了產房裡。

「不好了！」

是村子的年輕人。這個男人家裡有隻懷孕的牛，聽說傍晚左右要分娩了。

榎之鄉是靠近土佐與阿波國境的深山裡的小村落，村裡所有人都很照顧種田時需要的牛。

不久前死了一隻老邁的母牛。有小牛出生，可以增加勞動力，減輕種田的辛苦，所以村人都很期待。

首領還來不及開口問怎麼回事，臉色蒼白的男人就先說了。

「件……！」

在場的所有人的臉都僵住了。

剛剛出生的嬰兒在詭異的氛圍中，哭得更大聲了。

年輕人的話出人意料之外，首領愕然地說：

「件……？」

那是妖怪。

年輕人臉色蒼白地點點頭，瞥了一眼似乎因恐懼而哭泣的嬰兒。

「件說了什麼？」

首領的語氣不由自主地變僵硬了。

凡是榎一族的族人，都知道件是怎麼樣的妖怪。

件一出生落地就會說人話、說未來。

會宣告被稱為預言的話語。

表情緊繃的年輕人，看著滿臉慌張的首領一家人和產婆，張開了嘴巴。

這時，背後有個黑影晃動。

年輕人嚇得倒抽一口氣，轉身往後看，步履蹣跚地撞上了產房的牆壁。
那個黑影慢慢地、無聲地進來了。
牛身人面、人工製造般的臉、不帶一絲情感的眼睛。
嬰兒哭得更厲害了。
女人倒抽了一口氣。妖怪的眼睛不是正注視著自己懷裡的孩子嗎？
男人也注意到了，正要把妻子和孩子擋在背後時，響起了嚴肅的聲音。
『你會背叛好友。』
空氣應聲凍結。
件看一眼號哭的嬰兒，說起了未來。
『然後，你會死於非人之手。』
在場的所有人都看著嬰兒。
被宣告了預言的孩子，將來會成為榎的首領。
在誕生的瞬間，他就背負了隱藏門的使命。
身為統帥所有族人的首領，必須與所謂的背叛完全無緣。而且，他是要隱藏門、保護門的榎的榊眾，絕不能死於非人之手。
榎的首領若是死於妖怪等非人之手，就表示門一定會被開啟。
所有人都啞然失言。宣告預言的妖怪，猙獰地嗤笑起來。

它的身體慢慢傾斜，在倒地之前就化為一陣煙消失了。

現場只留下毫無血色的大人們，以及著火般嚎啕大哭的嬰兒。

◇　◇　◇

穿著黑色衣服的男人，在沒有光線的黑暗中閉著眼睛。

捲上來又退去的波浪聲不絕於耳。

這裡是夢殿的盡頭。

「……」

出生於首領家的他，擁有無愧於這個血脈的力量。

因為神賜給了他背負使命所需的資質，所以他不只擁有力量，也很聰明。

為他接生的老婆婆，每次見到他都會摸著他的頭，說他是個伶俐的孩子。然而，老婆婆的眼神卻十分悲哀。

聰明的他也注意到了，但沒問緣由，因為覺得不該問。

總覺得自己似乎知道緣由。明明不清楚詳情，卻茫然地這麼想。

從懵懂無知時，他就聽說了榎的使命，因此每天致力於修行。

虛歲七歲時，也就是從神之子成為人之子那一年①，他被祖父叫去。

祖父對他說，他出生的那天晚上，件宣告了預言。

「……你……」

你會背叛你的好友，最後死於非人之手。

雖沒親眼見過，但祖父形容的件的模樣、聲音，卻清晰地烙印在他心中。

於是，他決定鍛鍊自己的心志，更全力投入修行。

為了不要背叛好友、為了不要死於非人之手。

大約是剛過十歲的時候吧，他想到不要跟任何人成為好友不就行了？

不要直接跟妖怪接觸，也不會被妖怪殺死。有式神就行了，把危險的事都交給式神去做，這樣，自己就安全了。

為了顛覆預言，他不計一切，發瘋似的培養能力、磨練自己，終於擁有了不輸給村裡任何人的實力。

最後，他以「要完成榎的使命」為由，離開了村子。村裡的人都是從他出生以來就陪在他身邊，其中也有同年紀的人，要避免與他們親近，會很寂寞也很痛苦，但他更不想背叛形同親人的他們，所以只能離開。

從出生到現在，他沒有一個可以稱為朋友的人。

他覺得這樣就行了。

所以，對那個嘴巴上說是好友的人，他其實從來沒有敞開過心房。

他想對方應該沒有察覺。因為那個男人對其他人都沒興趣，也覺得他很煩人、很討厭，從來沒有認真對待過他。

所以，他可以安心地纏著那個人，想說什麼就說什麼、想做什麼就做什麼，不必有任何顧慮。

凡是「如果有朋友，我想這麼做」的事，他都對那個人做了。

不管那個人擺什麼臉色、對他說了什麼，他都不在乎。被討厭也無所謂。

因為那個人絕對不會在意他，所以他可以這麼做。

在死亡之前他從來不知道，最難如自己所願的，就是自己的心靈深處所想。

為了不輸給預言，他拚命抵抗，結果還是被預言吞噬了。

件的預言一定會靈驗。

死後他才領悟到這句話的真正意思。

他稍微掀開從頭披下來的衣服，望向黑色波浪的遠方。

就在這時候。

「——你在做什麼？」

扎刺背部的聲音，嚴肅中帶著將風劈開的酷烈，榎岦齋嚇得跳起來。

「啊哇哇哇哇！」

他驚慌地轉過身來，看到穿著黑衣的冥官傲然佇立在那裡。

「我命令你去做什麼了？說啊。」

岦齋的視線不由得飄忽起來。

「唔……呃……要找到柊子臨死前藏在夢殿裡的蝴蝶，保護起來。」

冥官揚起了一邊嘴角。

「喔，你還記得啊？」

「當然記得。」

「那麼，你現在人在哪裡？在做什麼？」

「——」

岦齋顫抖著繃起臉來，閉上了嘴巴。

外表年輕、五官端正的冥府官吏，冷冷地笑著。

「對不起，我不由得想起以前的事……」

「沒意義的追憶嗎？」

居然被說成了沒意義。

「是的……」

「然後沒意義地後悔嗎？」

哇，連後悔都被一口咬定是沒意義。

「……您說得是。」

冥官說得沒錯，但字字句句都扎在岦齋的心上，扎得好痛。

冥官傲然俯視把手按在胸口忍受疼痛的岦齋。

岦齋的心情就像吞下了黃連，苦不堪言。不用看也想得到，冥府官吏現在是怎麼樣的表情。

那之後將近六十年了，為了贖罪，岦齋在冥官手下工作，看盡了許多事。

偷看人界的狀況不會被譴責，但禁止干涉。很多事情發生時，岦齋都心驚膽戰地看著晴明。

以前，他不想與任何人成為好友。

而那傢伙絕對不會跟他成為好友，所以沒問題。

可以放心地說想說的話、做想做的事。被討厭也無所謂。知道對方不可能喜歡自己，反而覺得輕鬆。

岦齋沒有察覺，自己動不動就在內心不斷重複這些話。

會這樣再三提醒自己，就是因為他們早已成了無可取代的朋友。

柊的後裔柊子，或許也跟岦齋一樣。

她不交值得珍惜的朋友，打算一個人活著，一個人死去，讓使命、責任和所有一切都到她這裡為止。

然而，如同岦齋遇上了晴明和若菜那般，柊子也遇上了文重。

「——汙穢將至。」

聽見冥官的話，岦齋驚訝地抬起頭。

黑暗的前方，冒出侵肌透骨的寒氣，慢慢地擴散開來。

「我走了。」

岦齋轉過身，從岸邊拔腿奔馳，濺起了水花。

側耳傾聽，感覺有重重拍翅般的聲音，震盪著空氣。

「糟了，要趕快找到才行……」

柊子的魂虫在這個夢殿裡。

岦齋看著柊眾的最後一個人走向了死亡。

椿、榎、楸都滅絕了。在人間的生命已經結束的岦齋，看著他們一個個死去。身為榊眾之一，他無法不看著他們。

他都會向冥官報備。也不知道是不是同情他，這種時候，冥官絕不會交代他去做其他事。

柊子死的時候是冬天。

被侍女們包圍的她，無力地閉上眼睛躺著。

她的呼吸穩定，雖然沒有血色，但表情平靜。侍女們都在竊竊私語，說她今天

的狀況好像還不錯。

不料急遽惡化了。柊子突然「嘶」地倒吸了一口氣。

驚慌失措的侍女們似乎看不見，但昌齋全看見了。

不知從哪跑進來的黑虫，從柊子微張的嘴唇飛進了體內。

柊子激烈地扭動身體，咳得非常嚴重，幾乎沒有時間呼吸，所以恐怕連侍女們叫喚她的聲音都沒聽見。

沒多久，她吐了大量的血。侍女們尖叫連連，大喊著快找藥師來。

柊子吐了好幾次血。血量多到令人懷疑她的體內是不是全空了，墊褥和外褂也瞬間染成了紅色。

柊子猛然向後仰，咳得更重更沉了。然後，跟著血一起吐出了白色蝴蝶。

看到從自己體內跑出來的魂虫，柊子似乎領悟到什麼，把顫抖的手指伸向半空中，畫下了什麼。

侍女們看不見魂虫，應該也不知道夫人在做什麼。

白色蝴蝶拍振淌著血的翅膀，輕輕飛起來，在柊子身邊繞來繞去，最後停在她的指尖上。

白色翅膀緩緩開合的蝴蝶，俯視著柊子的臉龐。

那對白色翅膀，隱約浮現某種圖騰。

豈齋驚訝地倒抽了一口氣。
柊子的手指畫過的地方，出現了柊葉形狀的黑洞。
從那裡飄出來的風，正是夢殿的風。
同時，沉沉的拍翅聲逐漸增強，越來越靠近。
柊子用幾乎聽不見的聲音說著什麼，白色蝴蝶就被連接夢殿的那個洞，咻地吸進去了。
柊子呼地喘口氣的同時，洞也關閉了。
突然，她的臉扭曲起來。黑虫撬開她沾著血的嘴唇，爬出來了。柊子強撐著用沾滿鮮血的手抓住黑虫，一把捏碎。
就在這一瞬間，數不清的黑虫不知道從哪入侵，圍向了柊子。
侍女們看不見的黑虫，沒有咬碎她的身體，而是從沾著血的嘴唇侵入了她的體內。
虫在體內大鬧，柊子痛苦掙扎，身體扭來扭去，滿地翻滾。勉強發出來的微弱氣息，被沉沉的翅膀聲掩蓋了。
最後。
柊子在侍女們前面，掙扎再掙扎，痛苦地死去了。
當時，豈齋被冥官罵得狗血淋頭，責怪他為什麼看著柊子死去，卻沒把魂虫抓

回來。

柊眾的後裔臨終時做的事，一定有某種意義。

白色蝴蝶是魂虫，是柊子的魂的一部分。被放入夢殿的魂虫，除非有什麼意外，否則絕不會落入他人之手。她會這麼做，表示魂虫裡面有什麼。

被冥官指責，岦齋才想到這個可能性。

那之後，他一直在尋找魂虫，但魂虫不知道躲哪去了，怎麼找也找不到。

魂虫究竟還在不在夢殿呢？會不會飛到夢殿之外的地方了？

這裡是夢殿。夢是現實，現實是夢。想像會成為力量，想像會塑造出形體。

一般人或許做不到，但柊眾有可能把什麼注入魂虫，或是把自己的心的一部分託付給魂虫。

會這麼想，是因為岦齋也有這樣的技術。

唯一知道門在哪裡的女人，在臨死前放走了魂虫。

雖然被黑虫逼迫吐出了魂虫，但她用盡了她所有的力量，沒有讓魂虫落入任何人手中。

岦齋可以理解。

她是為了保護門。直到最後，她都沒有放棄榊眾的使命、責任。

「魂虫在哪裡？」
在黑暗中奔馳的岦齋，耳朵掠過沉沉的拍翅聲。
他停下來，小心翼翼地環視周遭。
到處都是矮塔般的岩石。不覺中，水聲消失了，放眼望去都是乾燥的沙子。
不知從哪吹來與夢殿不一樣的風，鑽入體內，讓他冷得快凍僵了。
夢殿的盡頭，是與黃泉之間的狹縫。
定睛凝視的岦齋，看到散佈各處的岩石之中，有一個上面趴著白色片狀物般的東西。
「是那個……?!」
正要向前跑時，有笨重的聲音敲響了岦齋的耳朵。
他飛也似的向後退，那是無意識的動作，身體自己動了起來。
像是虫的黑色東西，嘩地飛過來，淹沒了岦齋剛才所在的地方。
「黑虫……」
安倍昌浩似乎把人界的黑虫看成了馬蜂。其實，黑虫並沒有固定形狀。
只是非常小的虫聚集在一起，做出類似那樣的形狀。
夢殿的黑虫是很小、很小的黑色橢圓形，身上有四片翅膀。這應該就是黑虫真正的模樣。

介入魂虫與岦齋之間的黑虫，像黑色漩渦般蠕動著拍打翅膀。聲音層層交疊，嗡嗡嗡地歪斜龜裂。

「不會輕易放我過去嗎……」

低嚷的岦齋，把披在身上的衣服穿起來，冷靜地吸口氣。

水滴淌落的聲音，在沒有水的盡頭微微地迴響。

呸鏘……

◇　◇　◇

聽見一疊紙掉落的聲音，十二神將勾陣反射性地抬起了頭。

「……」

身體不自覺地動了一下，趴在她盤坐的大腿上的白色怪物的頭就滑下去了。

是什麼時候睡著了呢？

勾陣把小怪的頭擺回大腿上，輕聲嘆息。

身體算是復元了，但一放鬆，就會昏睡。

幸好是在主人的結界內，即便意識不清也不會出事。如果是在那個尸櫻世界，勾陣和小怪恐怕沒命了。

橙色火焰在視野角落搖曳。

仔細一看，是偷偷爬起來把衣服披在肩上的安倍晴明，在燈台的火光下攤開了有摺痕的紙張。

剛才的聲音是晴明不小心掉落書籍的聲音。

勾陣皺起了眉頭。

「晴明，躺下來。」

倚靠著憑几的晴明，把視線從紙張拉開，看著勾陣。

「一開口就說這種話，勾陣，妳越來越像宵藍了。」

「別拿我跟他比，就算是玩笑，也太惡質了。」

語氣很認真，但她也不想說這種話。

晴明眨一下眼睛說：

「妳竟然這樣說自己的同袍。」

「我怎麼可能像他呢。」

「不用這麼強烈地抗議吧？」

晴明受不了似的歪著頭，勾陣撥起劉海對他說：

「不要轉移話題，快回墊褥躺著。」

主人不知何時爬起來了，勾陣卻完全沒察覺。若不是晴明掉了書，即使他走出房間，勾陣一定也還在睡覺。

勾陣抓住躺在她大腿上動也不動的小怪的耳朵，蹙起了眉頭。

說起來，都要怪這小子。錯就錯在自己動了同情心，想說起碼分給它一點體溫。神氣完全枯竭的十二神將的最強鬥將，在沒有意識時更不客氣、更不留情。害她的眼皮越來越重，倦怠感襲向全身，連思考都變得很費力，所以思緒經常中斷。

老是在昏昏沉沉中失去意識，過了一會又猛然張開眼睛。

這幾天都是這樣的重複。

而且，昏睡的時間有越來越長的趨勢。又長又深沉，所以才糟糕。

幸好是完全壓抑神氣的小怪模樣，才沒有把她的神氣吸得精光。

「——」

勾陣無言地盯著小怪，晴明警告她說：

「喂，不要用那麼可怕的眼神看著紅蓮，我大概猜得到妳在想什麼，妳這樣子叫遷怒。」

被老人這麼一說，勾陣半瞇起了眼睛，但沒有反駁或埋怨。

她自己也知道老人說得沒錯。
她深深嘆口氣，甩了甩頭。
老人稍微舉起手上的紙張，回神將說：
「晴明，你在做什麼？」
「我把信又重看了一次。」
那是白天送來的兩封信，寄信人分別是陰陽頭和內親王脩子。
遣詞用字各自不同，但是，要轉達給晴明的意圖是相同的。
都是希望晴明可以救活快病死的皇上，以維持國家的安寧。
陰陽頭在信上指示，要把徘徊在生死邊緣的陰陽寮寮官當成替身。
脩子在信上悲痛地泣訴，如果連父親都走了該怎麼辦。
晴明對照兩封信上各自陳述的文章，眉間蒙上了陰霾。
殿上人的判斷，向來冷靜、透徹且正確。
為了大義，必須犧牲某些東西。皇上的存在很重要，年輕寮官獲救的可能性卻一天比一天小。既然沒救了，就該多少為國家盡點力，這才是為朝廷工作的官吏應有的表現。
脩子傳達的心情也令人心痛。聰明、成熟的公主，終究還是個未滿十歲的孩子。繼最愛的母親之後，再失去父親這個心靈依靠，是她最恐懼的事。

但是，這兩封信的內容，都有引人疑竇的地方。

目送昌浩去播磨國和阿波國，是在天亮前。

與十二神將六合、太陰一起出發的昌浩，先繞到菅生鄉，順利見到了九流族的比古。將近傍晚時，收到太陰送來的風，說比古和多由良遍體鱗傷，狀況非常不樂觀，但現在已經復元到沒有生命危險的程度了。

加入了比古的昌浩一行人，在傍晚到達四國。直到進入阿波國時，都有向晴明報告，但入夜後就杳無音信了。

再擔心也無濟於事，所以晴明天黑就上床了，但怎麼樣都睡不著。

他數著時間等待睡意到來，卻怎麼樣都沒有睡意。那也就算了，頭腦還很清醒，覺得周遭一帶的聲音聽起來特別大聲。

閉上眼睛大概快一個時辰的時候吧，眼底忽然浮現兩封信的內容。

這兩封信都有引人疑竇的地方。文章寫得有條有理，但總覺得哪裡不對。

字裡行間洋溢著寫信人的思緒。晴明覺得哪裡不對，並不是文章有問題，而是充塞信中的情緒。

夜幕低垂後已經過了很久，眼睛逐漸習慣沒有光線的室內，可以大約看出東西的輪廓了。

確定靠牆而坐的勾陣沒有任何動靜，還發出了規律的鼾聲，晴明便悄悄點亮燈台，攤開兩封信，一看再看。

看著看著，手肘撞到堆疊的書，掉了一本。

就是這個聲音吵醒了勾陣。

勾陣邊聽晴明說話，邊交互看著他手上的信和燈台，嘆口氣說：

「那麼，你發現哪裡不對了嗎？」

晴明沉下臉，把兩封信放到桌上。

橙色火焰裊裊搖曳，晴明的影子也隨之起舞。注意力被那光景吸引的勾陣的耳裡，鑽入了老人低沉的聲音。

「我在意的是……為什麼會想到要使用替身。」

勾陣明瞭他的意思，眨了眨眼睛。

晴明看著陰陽頭寫來的信，深思地說：

「以前我的確救過某間佛寺垂死的上人，但我懷疑的是，為什麼有人會正好想起這件事，又為什麼沒有任何人反對用陰陽寮的寮官來當替身的決議。」

據陰陽頭的來信說，與政治關係密切的殿上人都參加了今天的朝議，一個也不缺，全場一致通過了這個決定。

勾陣不解地歪著頭說：

「既然攸關皇上性命，對貴族們來說這不是極為正確的選擇嗎？」
位居政治中樞的人都知道，皇上是國家安定的鎖鑰，所以這是理所當然的判斷。
然而，勾陣一說完，老人的表情就更為嚴峻了。
「信上說一個也不缺，那麼，身為參議的行成大人應該也在場。」
「那……」
原本想說「那又怎麼樣」的勾陣，忽地張大了眼睛。
藤原行成與敏次是親戚，在敏次懵懂無知時便認識他了。建議敏次進陰陽寮的人，就是行成。
在朝廷上，就屬行成最相信他的才能，對他特別關照，期待他的成長。
敏次吐血，心臟一時停止跳動，雖然做了緊急措施，但這樣下去，遲早會撒手塵寰。
行成也收到了這個通知。聽說是身為陰陽博士也是他好朋友的成親，派了使者去通知他。
最近都臥病在床的行成，今天早上想必也強撐著進宮了。
「我無論如何都不能理解，行成大人怎麼會贊成把敏次大人當成替身。」

沒有任何人反對決議。那麼，表示行成也同意了。

他也贊成為皇上獻出敏次的生命嗎？是為了大義，下了無情的決斷嗎？

然而，那麼做不像是晴明所認識的行成的為人。

「行成大人很聰明，即使不能完全推翻，也會暫緩決議，甚至可能會派人來問我有沒有其他辦法。」

或是殿上人都認為皇上性命危急，必須爭取時間，所以他連那樣的事都無法思考了？

脩子信上的內容，也在晴明心中烙下了陰影。

文中痛切地、一心一意地祈求父親的病癒，懇求晴明救救父親。從她凌亂的筆跡可以看出，若不能如願，心靈將會被壓垮的恐懼與不安。

太過激烈的感情波濤，反而讓晴明覺得哪裡不對。

太唐突了。

回京後，因為沒辦法自由行動，所以晴明會到處放式探查情況。

除了式的所見所聞外，也會從經常來玩的小妖們說的種種傳聞、京城的狀況，盡可能掌握哪裡是怎麼樣的狀況、發生了什麼事等等。

不久前昌浩才查出充斥寢宮裡的強烈陰氣就是皇上的病因。

有結界包圍、必須保持清淨的清涼殿，充斥著由樹木枯萎所引發的汙穢轉化而

成的陰氣。

連皇上的寢居都這樣了，可見黑虫到處出沒的京城應該更汙穢。

京城的居民在不覺中習慣了隨著時間逐漸擴大的汙穢。

連對汙穢十分敏感的神將也是這樣。

脩子居住的竹三条宮也出現了樹木枯萎的現象。聽說，某天命婦還差點殺了藤花。

就像是著了魔。

難道有風音在、有昌浩去拜訪關注，汙穢還是悄悄潛入了竹三条宮？

「——」

勾陣對神色凝重、沉默不語、邊看信邊沉思的晴明說：

「要我去看看內親王怎麼樣了嗎？」

晴明吊起一邊眉毛說：

「嗯……去看看比較好吧？」

「你都寫在臉上啦。」

勾陣緩緩站起身來。

「這傢伙交給你了。」

把抓著脖子拎到半空中的小怪交給晴明後，勾陣就倏地隱形了。

晴明無奈地嘆口氣，把勾陣塞給他的小怪放到地上。

「自己不能動，實在很懊惱，對吧？紅蓮……」

老人帶著嘆息的話，落在動也不動的小怪背上，無聲無息地消失了。

小怪的陰陽講座

①日本古時候認為七歲前的孩子，都是神之子，因為七歲前比較虛弱不好養，隨時可能被神帶走。

2

輪班看守書庫的人，戌時準時到達。安倍成親與他交班後，就去了四条的藤原行成府邸。

成親氣到不知如何是好。

身為地下人②的成親，不可能知道在朝議席上是怎麼樣的討論過程。

陰陽頭只告訴他，接到左大臣的命令，要把皇上的病轉移到病倒的寮官身上。

據陰陽頭說，因為有人在朝議席上提起祖父安倍晴明以前施行過替身之術的傳聞，所以經過討論，決定把疾病從皇上龍體轉移到某人身上。

殿上人把拯救皇上性命的崇高任務，交給了目前正處於彌留狀態的陰陽寮的寮官。

老實說，成親對殿上人的討論內容沒有多大的興趣。

作最後判斷的是左大臣，但想想左大臣的立場與野心，也是無可厚非。

成親最生氣的是，將來被寄與厚望的優秀部下，被當成隨便可以取代的人。而且竟然沒有一個人反對，令他火冒三丈。

想到起碼有一個人應該反對到底，成親就非常生氣，氣到心底發冷。

既然拍板定案了，除非發生重大意外，否則不可能推翻了。但是，不去找他發幾句牢騷，成親就無法消氣。

夜已深，一片漆黑，但成親很熟這條路，不提燈也能大步快速前行。

忽然，聽見水滴淌落的聲音。

「——」

成親停下腳步，環視周遭。

陰氣已被淨化的京城的夜晚，呼吸十分順暢。但是，沒有夜間趕路的貴族牛車，以他們為目標的夜盜也銷聲匿跡。

視線飄來飄去的成親，看到流過道路兩旁的水渠。

水聲是來自那裡嗎？

理解是理解了，但無法釋懷。剛才聽見的是水滴淌落在沒有一絲絲波紋的平靜水面上的聲音。

仔細觀察周遭好一會的成親，最後搖了搖頭。

「是我多心了吧……」

總覺得有人盯著自己，但四處都沒有那樣的動靜。

成親喘口氣，匆匆趕往行成的府邸。

道路中央打開一個漆黑的洞，從那裡冒出了黑水，掀起波紋，妖怪悄然無聲地

浮出水面。

水滴從妖怪的下顎淌下來。

妖怪對著成親逐漸遠去的背部，緩緩張嘴說：

『——阻礙道路的煩惱根源，將會全部斷絕。』

四条的府邸亂嘈嘈的。

在門前停下來的成親，訝異地皺起了眉頭。

「怎麼回事？」

倉皇緊繃的空氣都飄到門外了。

來開門的雜役看到來訪者是成親，臉都糾結起來了。

「啊，成親大人，您是神派來的嗎？」

接到通報的侍女跑出來，哇地大哭起來。

「成親大人，請救救我家主人、請救救我家主人……！」

她沒做任何說明，就急著把成親帶去了主屋。

主屋裡的床被帷屏圍住，四周的侍女們都淚流滿面。

從帷屏裡面傳來斷斷續續壓低聲音的咳嗽。

聽到悶悶的咳嗽聲，成親的背脊一陣寒意。

「發生什麼事了？」

侍女們爭相回答成親的詢問，但都只從喉嚨發出了堵塞般的嗚咽聲。

帶成親進來的侍女稍微推開帷屏，闢出了一條通路。

往前走的成親，看到行成的女兒在床邊抱著侍女哭泣。

女兒看到成親，哭著大叫：

「父親他……！」

就在成親為了確認裡面的狀況而掀開床帳的瞬間，吹過一陣令人戰慄的冰冷旋風。

但如果非常、非常仔細聽，會發現那陣風是帶著拍翅聲吹過。剛才有數不清的很小很小的虫，滿滿集結在床帳裡。

喀喀的悶重咳嗽聲，敲響了成親的耳朵。

一名侍女遞出蠟燭，用燭光照亮裡面，就看到深色、溼透的墊褥和外褂。

把身體彎成く字形的行成摀著嘴巴，不斷地咳嗽。他的手沾滿黏稠的液體，床帳裡彌漫著鐵鏽味。

「行成……大人……？」

很久沒見到他的成親，看到他的臉，十分震驚。

他竟然消瘦到只剩皮包骨了。

在朝議席上，難道沒有人提起這件事嗎？

可能是聽到成親的低喃，行成從喉嚨發出咻咻聲，緩緩張開了眼睛。

視線飄忽了好一會的行成，可能是看到成親被燭光照亮的臉，微微顫動了眼皮。

「……成……」

行成才剛開口說話，聲音就卡住了，重重地咳了起來。

他咳個不停，呼吸也不順暢，滿臉苦悶地扭動身體，緊緊揪住脖子，抓撓喉嚨的手沾滿了血。

「……這是……什麼時候開始的……」

成親好不容易才問出口，總管回答了他的問題。

「太陽下山，我來點亮燈台的時候，已經……」

總管似乎慌得連聲音都發白了，成親對他點點頭，環視周遭。

床帳裡彌漫著驚人的陰氣，首先必須祓除這些陰氣。

把慌亂的總管等人暫時請出主屋，等他們移到廂房後，成親調整呼吸，擊掌拍手。

渾厚銳利的聲音響起兩次，撕裂了彌漫床帳與主屋的陰氣。

「祓除、淨化、守護、昌盛！」

唸了幾次後，沉沉低垂的陰氣便逐漸減弱了。

但這只是臨時處置，要完全袚除，需要相當的準備和道具。

儘管如此，行成的呼吸還是順暢多了，連續不斷的咳嗽也停止了。

從氛圍可以知道，在廂房緊挨著身子透過竹簾觀看情況的侍女們，表情都放鬆了。

跪坐在枕邊的成親，吩咐她們準備裝水的桶子、乾淨的布，掀開了行成身上染血的外褂。

桶子和布很快就送來了。經成親允許進入的侍女，很小心地擦乾淨主人的手和臉。

如死人般蒼白的肌膚，令人心疼，侍女不禁淚水盈眶。

這其間，總管也派了使者去請藥師。

行成的女兒端坐在廂房，淚眼婆娑地看著這一切。

成親覺得她是個堅強的孩子。

失去了母親和妹妹，現在又可能失去父親。她極力承受著這樣的恐懼。

「實經公子呢？」

成親悄聲問，侍女瞥小姐一眼，壓低嗓音說：

「他的身體一直不太好，都躺著……有時也會跟行成大人一樣咳嗽……」

她的語尾在顫抖。

成親回應這樣啊，心想等行成穩定後，最好也去看看實經。

讓侍女退下後，成親搖著行成的肩膀叫喚：

「行成大人、行成大人，快振作起來啊。」

氣若游絲的行成，恍惚地張開眼睛，視線有些飄忽。

「……成……親……大……人……」

「是不是很難過？總管去請藥師了。」

行成虛弱地點著頭，嘴唇動了起來。

「……敏……」

「嗯？」

成親把耳朵湊近行成的嘴巴，聽到斷斷續續的嘶啞聲音。

「……敏……次……在……做什麼……」

「啊……？」

成親一時沒聽懂他在說什麼。

不由得反問：

「啊？敏次？你問他在做什麼……？」

這個男人在說什麼啊？

低頭直盯著行成的成親，這才想起自己來這裡的理由和滿腔的憤怒，吊起了

眉梢。

「我說你……」

差點扯開嗓門開罵的成親，很快沉默下來。在這種狀態下，對行成爆粗話也沒有用。

感覺有視線看著自己，他往那裡望去，看到侍女們和行成的女兒都露出「怎麼了」的表情，注視著他。

成親做個深呼吸，極力假裝鎮定。

「行成大人也知道吧？敏次在陰陽寮啊，他……」

現在，他被施行停止時間的法術，陷入了幾乎等於死亡的沉睡中。

行成緩緩縮起了下巴。

「……他……很忙……吧？」

「啊？」

行成的視線直接跳過了真的很驚訝的成親。

「那……小子……太……認真了……」

現在一定也廢寢忘食地埋頭工作，所以連來這裡的時間都沒有，我好擔心他哪天會把身體搞壞——

斷斷續續說著話的行成，苦笑似的瞇起眼睛，就那樣闔上了眼皮。

「行成大人？」

不會死了吧？成親焦急了一下，後來發現行成還有淺而急促的呼吸，只是昏過去而已。

可是，這是怎麼回事呢？

敏次吐血病倒時，成親有派使者來這裡報信。

雖然很猶豫，怕臥病在床的行成會心痛，但又覺得不可能瞞得過去。

據報信回來的使者說，行成大受打擊，連話都說不出來。

怎麼現在會說這種話呢？

說得好像對敏次的困境一無所知。不，說得好像不曾發生過那種事，還在擔心太過認真的敏次會不會把身體搞壞。

「請問成親大人，」一名侍女疑惑地開口說：「敏次大人現在是擔任什麼職務呢？我們都知道他很忙，可是，如果能盡量抽空來一趟的話，我們都會很開心。」

侍女嘴巴說「我們」，眼睛卻看著年幼的小姐。

行成的女兒低著頭，在膝上抓緊了衣服。成親清楚看見，她的耳朵漸漸紅了起來。

「應該有派使者來通報過……」

成親半天才說出這句話，侍女疑惑地歪著頭說：

「咦，有嗎？什麼時候……」

忽然，沉沉的拍翅聲敲響了成親的耳朵。

視線倏地掃過一圈，就看到剛才被祓除的黑色東西，又聚集在橫樑附近了。

同時，不知從哪裡傳來了聲音。

『……那是……夢……』

平靜、奇妙的黏膩聲音，震盪著瞠目而視的成親的耳膜。

『……忘了吧……重複……每一天……』

造成重大打擊的消息，只是惡夢，不必記得，重複一成不變的日常就行了。

不知從哪傳來這個聲音，混雜在沉沉的拍翅聲裡，重複再重複，彷彿在現實上面塗抹了層層的虛假記憶。

頭腦一陣暈眩，成親不由得雙手著地。

心臟宛如在胸口深處被踹了一腳，狂跳起來。

直覺告訴他，不可以待在這裡。

重重交疊的拍翅聲，如波浪滾滾而去又席捲而來。

成親甩甩頭，站起身來。

「我臨時有事，要先告辭了。」

成親婉拒送行，匆匆離開了府邸。

鑽出門，扭頭往後一看，整座府邸都籠罩在黑霧般的東西裡。

那是小到眼睛也看不見的黑點的凝聚體。

昌浩說是黑色馬蜂，成親卻覺得怎麼看都不像馬蜂。

直覺告訴他，那是黑虫。

曾幾何時，黑虫覆蓋了府邸，裡面滿滿都是可怕的陰氣。

不知道是怎麼辦到的，行成和府邸裡的人的記憶，都被篡改了。

為什麼行成沒有反對用陰陽生當皇上替身的決議？

這就是理由。在行成心中的認知，病倒的陰陽生與敏次，是完全不同的人。而且面對救皇上的大義，一個連名字都不知道的陰陽生的生命，比虫子的翅膀都還不如。

替身是陰陽生。稱之為「陰陽生」，就沒有人會追究他是誰，他就是擔任這個角色的「某人」。

現場如果提起藤原敏次這個名字，說不定會出現其他結果。他也是個有血有肉、有意識的活生生的人，然而，出席朝議的殿上人，不可能知道每個年輕的地下人的名字，所以抹煞了這個事實。

成親單手掩住了眼睛。

要救皇上。非救不可。可能是這些不斷重複的話語，成為言靈，慢慢束縛了殿上人的心。

然後——

「名字是最短的咒語……」

成為替身的是「陰陽生」，只是個沒有人格的東西。

這是由陰陽生這個名字啟動的咒語。

成親握起掩住臉的手，甩了一下頭。

沒有時間被震驚擊倒了。

這樣下去，行成和他府裡的人都會被陰氣侵犯。他們說實經在咳嗽，再不處理的話，很可能變成敏次或行成那樣。

要盡快施行法術，袚除那裡的強烈陰氣。

轉身離去的成親，聽見特別響亮的水聲。

吥鏘。

正要往前跑的腳，不知為什麼停下來了。

再回神時，腳下形成了黑色水面。

應該就在不遠處的行成府邸的門、種在道路兩旁的柳樹，都忽然消失了，眼前是一片塗滿黑漆般的黑暗。

沒有一絲絲的光線，卻能看到水面在腳下擴大。

「這是……」

低頭一看，波紋碰到腳尖，水面搖曳起來。

又聽見呸鏘水聲。

成親抬起頭，看到視線前的妖怪。

……呸鏘。

◇　◇　◇

作了夢。

反反覆覆、反反覆覆。

詛咒腹中胎兒般的話語，反反覆覆、反反覆覆。

啊，那隻怪物正在看著。

看著腹中胎兒。

人工製造般的人臉，一直看著胎兒。

——以此骸骨為礎石，將會打開許久未開的門吧。

這孩子會成為骸骨。骸骨會成為礎石。
也就是說，這孩子將會死亡，成為骸骨。
將會死亡。再怎麼期盼，也救不回來。
再怎麼乞求，也會離去。
再怎麼請求，也會逝去。
既然如此。
不能讓孩子獨自離開。
作了夢。
被迫作了夢。
反反覆覆、反反覆覆。
作了夢。

呸鏘——

◇　◇　◇

成親握住瘦到像枯木的手，平靜地看著沉睡不醒的妻子。

回到家時，亥時已經過了一半。

等著父親回來的孩子們已經等到疲憊，躺在母親的墊褥周邊睡著了。

成親小心不吵醒孩子，把他們抱走，交給侍女們照顧。

「……篤子……」

為了確認她在作什麼樣的惡夢，成親使用過所有的法術、做過占卜、請求過神的協助，卻還是什麼也不知道。

就在走投無路時，忽然注意到妻子非常珍惜的鏡子。

那是結婚時，祖父晴明送給篤子的禮物。品質不錯，但不是很貴。

祖父把這個鏡子交給成親時，滿臉燦爛的笑容，說他對鏡子唸過咒語，祈禱映在鏡子上的臉永遠掛著幸福洋溢的微笑。

換言之，意思就是「讓妻子臉上永遠帶著幸福洋溢的微笑是你的責任」，而且，既然聽了這些話，就要努力做到。

大陰陽師安倍晴明就這樣把咒語藏入了漫不經心似的話語中。

篤子當然不知道這件事，但非常開心收到這個誠意十足的禮物。

她把其他貴族送的塗漆的螺鈿裝飾鏡子送給了隨身侍女，自己非常珍惜地使用這個說白了就是非常簡陋的鏡子。

結婚多少年就投入了多少的感情。

這面鏡子能不能映出篤子的夢呢？

成親把一絲希望寄託在這個乍現的靈感上。

結果，映在上面的是牛體人面的妖怪件。

還有，從件的嘴巴說出來的可怕預言。

反反覆覆說了好幾次的預言，與淌落的水聲交疊，在耳裡縈繞不去。

在不斷重複的夢裡，有害怕、恐懼、慘叫、半瘋狂的慌亂、嗚咽、聲音沙啞的慟哭、啜泣，最後是篤子崩潰的、絕望的臉龐。

不知道她有多麼痛苦、多麼折磨。

被真相大白的事實擊倒的成親，花了很長的時間才振作起來。

「妳作的……惡夢是……」

也出現在我面前的妖怪。

「它對胎兒……宣告了……預言……」

也對我宣告了那個預言。

「我應該……早點……發現……」

沮喪的成親，又聽見了那個水聲。

……咚鏘。

成親瞠目而視。

他們所在的室外的確響起了那個水聲。

不會吧？

放下簾子的手走到對屋外面的成親，看到原本草木整理得井然有序的庭院一帶，變成了一片漆黑的水面，倒抽了一口氣。

響起了水聲。

環視周遭的成親看見了。

水面蕩漾著好幾圈的波紋，妖怪佇立在所有波紋交集的地方。

人工製造般的臉，目不轉睛地注視著成親。

「……件……」

用嘶啞的聲音低喃的成親，發現件的背後有個身影。

是個披著破爛衣服的女人。雖然看不見臉，但身體那麼纖細，一定是女人。

如滑行般站到妖怪旁邊的女人，緩緩張開了露出衣服外的嘴巴。
女人與件的聲音重疊了。
『……』
成親瞠目而視，不久後，臉痛苦地扭曲起來。

心被攫住了。
被預言這個咒語困住了。

咒語會鋪設道路，通往被設計好的未來。
然後，心會在不覺中走上那條路。

所以，
件的預言一定會靈驗。

小怪的陰陽講座

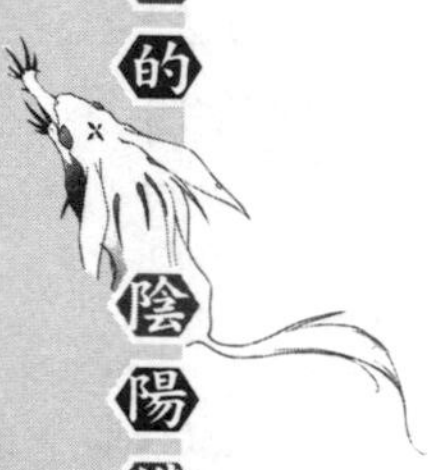

②低階官職。

3

◇　◇　◇

九流族的比古與神祓眾的冰知是在讚岐與阿波的國境相遇，在一個樹木枯萎得特別嚴重的谷底。

為了汲水爬下谷底的比古和多由良，在水邊遇上了同樣來汲水的冰知。

比古和多由良都太樂觀了，以為這樣的深山裡應該沒有人住。在什麼都不知道的普通人的眼裡，妖狼族是非常可怕的野獸，所以他們都盡可能不靠近村落，躲躲藏藏地行進。

即使這樣，偶爾、真的是非常偶爾，也會撞見入山的獵人或來深山修行的僧侶。通常這些人都會嚇得雙腿發軟，慘叫著逃之夭夭。

但冰知不一樣。

看到多由良，冰知面不改色地發動了攻擊。

彼此表明身分後，才知道冰知以為巨大的狼要攻擊年輕人。

全力殺過來的冰知，攻擊力十分強大。多由良四處竄逃，比古跟在他們後面追。

他記得他邊拚命叫著「那隻狼沒有危險」，邊在深山裡狂奔了半個時辰以上。

最後用靈術困住了冰知的腳，但瞬間就被冰知破解了。

後來，為了避免互鬥，彼此逼問出對方的身分，知道起碼目前不是敵人，才鬆了一口氣。

這時候，逃得飛快的狼又折回來了。

狼爽朗地說：「剛才我在想，如果你攻擊比古，我就一口咬斷你的脖子。」

冰知表情複雜地看著這麼說的狼。

多由良說在逃跑途中發現了一個無人的村子。

他們就跟著狼去了那個村子。

雖然沒人，但房子還在，可以遮風避雨。若水井還能用，就有水喝。

季節性的食物不至於缺乏。太陽快下山了，今晚就住在這裡吧？

兩人都沒說出來，但自然就決定這麼做了。結伴同行前往村子，是為了彼此交換情報。

走在前面的狼停下來，回頭笑著對他們說快到了。

果然如它所說，再向前幾步就看見好幾間房子。

「這間不錯吧？」狼指的房子旁邊有棵大柊樹。

它甩著尾巴說：「那裡應該有水井，我去找找看。」

突然，它的身體被拋飛出去。
稍晚一步，冰知和比古也被驚人的力道彈飛出去。
事出突然，頭腦一片混亂，只記得聽見了笨重的聲響。
直到現在，比古都還想不起來那之後發生了什麼事。
但是……
唯獨一件事，他想起來了。
將他們甩出去的衝擊。
是靈壓。
比古知道，有一個人可以自由地操縱那樣的力量。
他還知道，攻擊他們的力量，有著應該已經不在人世的男人的靈氣。
沒錯。
在強烈的頭痛中，比古終於想起了這些片段。

「……為什麼……」
打擊太大而跪下來的比古，再也站不起來，忍不住大叫。
「為什麼！你要對我、對多由良……」
應該已經不在人世的男人，默默地微笑著。

比古覺得他的眼睛透著困惑的神色。

其實，比古一直不相信。

不相信他死了。他一定活在某處，有什麼苦衷躲起來了，一定是這樣。

因為——

自己並沒有親眼看見他、看見他們停止呼吸。

「真鐵，為什麼……！」

淨是無法理解的事，比古覺得頭暈想吐。

即使如此。即使扯開嗓門吼叫、即使對莫名其妙被打傷感到憤怒、即使對重要的狼差點被殺死感到憤怒。

即使如此。

比古的心底最深處，還是開心的。

他還活著。又見到他了。

這件事讓比古無比開心。

好開心、好開心，好想像個孩子般放聲大哭。

比古不禁掩面哭泣。

「真鐵……真鐵……你都跑哪去了……為什麼……」

強烈的頭痛時強時弱，像波浪一樣變化。呼吸越來越快，身體感覺格外沉重。

努力說著話的比古，訝異地發現一語不發的昌浩悄悄走到了前面。
昌浩的樣子很奇怪。
比古抬起頭，在昌浩的背部看到強烈的敵意。
「昌浩？」
喃喃低語的比古，胸口深處有股被刺穿般的疼痛。
他覺得呼吸困難，血壓唰地往下降。
這時他才想起自己身受瀕死的重傷，靠止痛符和法術才能勉強行動，其實是處於必須絕對靜養的狀態。
還有毛色偏深灰的狼，受的傷比自己更嚴重。
他把還沒醒來的多由良留在神祓眾的鄉里。
比古和多由良會去菅生鄉，是因為冰知邀請過他們。
冰知說等解決樹木枯萎的相關事情後，可以去菅生鄉玩玩。
至於詳細地點，冰知說以後再說，多由良卻挺起胸膛驕傲地說它知道地點。
比古驚訝地問它為什麼知道，它不肯說，只是支支吾吾地說著沒什麼啦。
比古決定等它醒來，一定要問個清楚。他會這麼想，是因為多虧神祓眾的救治，多由良的傷勢已經穩定了。
是的，多由良背著連一根手指都動不了的自己，不知道怎麼從這個阿波國越過

大海，跑到了播磨國赤穗郡的菅生鄉。
多由良本身也受了那麼嚴重的傷，卻片刻不停地奔馳。
它的聲音在比古逐漸模糊的意識角落縈繞迴響。
——茂由良把你交給了我，我怎麼可以讓你這樣死去！
比古的心臟像是被踹了一腳，狂跳起來。
多由良的左眼被毫不留情的攻擊打爛了。
隔著昌浩的身體，比古看到真鐵扯下披在身上的衣服，拔起了腰間的佩劍。
心跳加速，怦怦狂響，呼吸急促。
沒錯。
搶走比古佩戴的那把鐵劍、甩掉劍鞘、揮下刀刃的人，毫無疑問就是真鐵。
「……真……鐵……」
茫然低喃的比古，耳朵突然被昌浩尖銳的聲音刺穿。
「你是誰！」
真鐵和他身旁的女人都笑了。
比古的思緒好亂，心想昌浩在說什麼呢？
那個人怎麼看都是真鐵啊。下落不明的真鐵，終於找到了。
四周響起拍翅聲，濃密厚重的陰氣向這裡延伸纏繞。

比古頭暈目眩，喘不過氣來。

「回答我，智鋪祭司，你是誰……！」

昌浩的語氣粗暴。

智鋪祭司？那是誰？是在說誰？

比古的眼皮震顫。

等等，自己為什麼在這裡？

對了，我在找真鐵。他行蹤不明，我在冰知的協助下——冰知？

笨重的拍翅聲，時而靠近耳朵，時而遠離，就像拍岸的波浪。

在頭腦深處、在心底深處，響起重重疊疊的拍翅聲，震盪耳膜。

層層塗抹、牢牢塗抹。

冰知。冰知。冰、知。那是——

「……誰……？」

就在比古用呆滯的聲音茫然低喃時，怒吼聲震響。

「滾——！」

捲起爆炸性的龍捲風，把飛來飛去的黑虫全都吹走了。

比古被風壓推得搖搖晃晃，有隻強壯的臂膀撐住了他的背部。

他張口結舌地轉移視線，看到表情緊繃的高䠷年輕人，眼神很可怕。

這個人是誰呢？比古思考了一下。

「……十二神將。」

旁邊還有個吊起眉梢、外表年幼的女孩，纏繞著神氣，飄浮在半空中。

「六合、太陰。」

比古喃喃低語，閉上眼睛，甩甩頭。

剛才自己是在想什麼呢？思考是不是被莫名地扭曲了？

自己居然會忘記冰知。雖然只是一瞬間，但差點忘記了。再怎麼樣，都不該發生這種事。

神祓眾的冰知幫他和多由良阻擋敵人的追擊，爭取逃走的時間。

為什麼會變成這樣？

比古在記憶裡一一搜尋。

每搜尋一次，比古的血色就褪去一些。

冰知會成為他們的盾牌，是因為他和多由良看到出現的敵人都呆住了。

因為不相信，所以行動、思考都停止了，只能注視著那張臉。

靈壓襲過來、劍劈過來、劍尖刺過來，他們都沒採取行動。感覺就像在作夢，沒有真實感。

他不敢相信，把他們凌虐到遍體鱗傷的男人居然淡淡笑著。他覺得這絕對不是真的。

所以認為是夢。如果是夢，就是惡夢。

他們的心都凍結了，失去了抵抗力。所以，冰知挺身而出，協助他們逃走。心臟狂跳。

對了，這不是夢，絕對不是。

這是不折不扣的現實。

被太陰的龍捲風吹走的黑虫，又發出沉沉的拍翅聲聚集起來。

昌浩瞪著外表是真鐵的男人，問了第三次。

「你是誰……智鋪祭司，你該不會是……！」

浮現昌浩腦海的是四年前的情景。

在通往道反聖域的千引磐石前，昌浩與智鋪宗主對峙。

被稱為宗主的人是榎岦齋的骸骨。智鋪把早已死亡的男人的骸骨，用來當外殼。

昌浩的心臟跳得好快。

眼前這個男人被稱為智鋪祭司。菖蒲這麼叫他，所以這個男人毋庸置疑就是智鋪祭司。

可是，昌浩認識這個男人。

他是九流族的後裔；是在奧出雲讓大妖八岐大蛇在這世上復活的男人。

昌浩扭頭往後一瞥，看到比古茫然地站在那裡。

被稱為祭司的男人是比古的族人，也是比古最信賴的表兄弟真鐵。

外表的確是真鐵。但男人散發出來的靈力、纏繞全身的氛圍，跟真鐵並不一樣。

昌浩知道，跟被稱為智鋪宗主的男人一樣。

握緊拳頭的昌浩低嚷：

「你把他的骸骨當成了外殼嗎？智鋪……！」

從動靜可以知道，站在後面的比古聽到骸骨兩個字，全身僵硬了。

「那是……什麼意思……」

從背後傳來比古虛弱的聲音，昌浩的臉都歪了。

比古現在怎麼想呢？昌浩只能猜測，因為比古的心情只有比古知道。

但他知道，智鋪眾踐踏了比古的心。

「那是真鐵。」

「比古……」

扭頭往後看的昌浩，對上了狂亂搖著頭的比古的眼睛。那是依賴、煎熬折磨的

眼神。比古看著持劍淡淡微笑的男人。

「喂，祭司大人。」菖蒲用撒嬌嫵媚聲音央求：「我可以先帶著這隻虫離開嗎？您就……」

把抓著蝴蝶的手擺在胸口的菖蒲，歪著頭，笑得天真無邪。

「使喚它們吧。」

她把空著的手指向了朽木。

這時候，昌浩全身的寒毛應聲豎起。

黑虫的拍翅聲更響亮了，震盪了風、撼動了朽木。

飄盪四周的屍臭味逐漸增強。

菖蒲一離開祭司身旁，一群黑虫就嘩地圍向了她。她高高舉起雙手，像是在迎接黑虫。

昌浩大吃一驚。

跟剛才智鋪祭司出現時一樣，聚集的黑虫又做出了通往其他地方的門。

看起來像是被凝聚的陰氣穿透，撬開了通往其他次元的門。

菖蒲的身影一溜煙消失在門後。她抱著魂虫，去了遙不可及的地方。

昌浩反射性地衝上前去。

「等等！」

智鋪祭司冷眼看著昌浩毫不猶豫地衝進快關上的門，沒有阻止他。

次元就快關閉了。

「這裡交給你了！」

太陰踢飛黑虫和拍翅聲，對著同袍大叫，跟在昌浩後面，鑽進了門裡。

剎那間，黑色團塊四散，數不清的黑虫瘋狂地飛來飛去。

在濃密的屍臭味、無限蔓延的朽木與黑虫大軍的包圍下，十二神將六合凝視著真鐵面孔的男人。

六合放開攙扶比古的手，走到前面護住比古。

飛來飛去的黑虫散播的陰氣，以及陰氣凝成而成的汙穢，從頭上傾瀉而下。

汙穢就像水滴般淌落，籠罩的陰氣也濃烈到令人窒息。

六合猛然想起主人安倍晴明和同袍們說過的屍櫻界。

他們說那裡有汙穢的櫻花和黑膠的邪念，還有不斷重複的絕望話語，在耳邊縈繞不去。

忽然，不知從哪傳來水沉沉搖晃般的噠噗聲。

詭異的陰氣從腳底爬上來，感覺有神氣和體溫都會被連根拔除的危險。

在那個世界蔓延的黑膠的邪念，是會奪走生命體的精氣直到死亡的汙穢。

吸著充滿陰氣的空氣，又持續接觸滲入了汙穢的大地，心就會扭曲變形，逐漸崩壞。

名叫屍的男孩的心，就是在尸櫻世界被扭曲了。

聽說神將們也一樣。但沒有一個神將察覺自己的思考已經扭曲了。

忽然，六合瞠目而視。

這個世界樹木枯萎、氣枯竭、沾染了汙穢。

莫非也出現了與尸櫻世界相同的現象？

持續接觸陰氣、持續被汙穢浸染，不久後心就會扭曲傾斜，逐漸狂亂。思想會被重組、記憶會被更換，再也感覺不出哪裡不對。

有著九流族的真鐵的面孔的男人盈盈笑著。

成群的黑虫在他背後飛來飛去，黑虫後面有東西搖搖晃晃地聚集過來。

六合感覺甜膩的屍臭味更濃烈了。

跟隨真鐵聚集過來的是穿著破爛衣服的白骨，屍臭味就是來自它們。

數不清的黑虫向白骨聚集，漸漸改變了形狀。

皮膚像屍蠟般的傀儡，把沒有眼球的眼窩一起朝向了六合。

這時，六合感覺神氣從接觸地面的腳底被急速抽離。

淌落地面的汙穢響起噠噗的聲音。

精神還恍恍惚惚的比古，呆呆望著遮住自己視線的神將的背部。

半晌後，突然不可思議地清醒了。

層層拍翅聲如永無止境的波浪滾滾而來。時強時弱的聲音，會在不覺中把人心帶到其他的某個地方。

比古發覺不可以聽那個聲音。

拍翅聲沒有停過。剛開始一直在耳邊繚繞的聲音，聽久了就不太會去注意，但只是沒注意而已，其實還是一直聽得到。

比古不停地甩頭。頭腦裡好像有一片昏暗的薄紗，逐漸覆蓋了思惟，把思考扭向與原來的道路迥然不同的方向。

比古幾乎完全忘了神祓眾的冰知。拍翅聲的波動，扭曲、攪亂了意識與記憶，把虛假往上層層塗抹，鞏固起來。

靠止痛符壓住的傷口又痛了起來。

回神一看，傷口正慢慢滲出血腥味，刺激著鼻腔。貼上符咒再用布纏繞的地方，從衣服上面觸摸是溼的。

因為動作太大，快癒合的傷口又裂開了。

想到可能會被昌浩罵，就忍不住想笑。

死去的人怎麼可能出現在這裡呢。

再怎麼期盼、再怎麼思念，他連夢裡也沒出現過一次。

「——珂神比古……不，比古。」

令人心如刀割的懷念聲音，刺穿了比古的耳朵。

在十二神將背後聽見的聲音，與記憶中的聲音分毫不差。

「比古，對不起。」

比古清楚聽見心臟在胸口怦怦狂跳的喧躁聲。

聲音跟真鐵一樣的男人，說話的語氣跟真鐵一樣，抑揚頓挫也一樣。

「我一直沒回去，你和多由良一定很傷心。」

比古瞠目結舌，屏住了呼吸。

六合察覺比古快要被說動了，背對著他說：

「不要聽，那是陷阱。」

懷念的聲音與神將的語尾交疊了。

「比古，我會打傷你，是有原因的，你願意聽我說嗎？」

「不要被魅惑了！」

黑虫在附近一帶猖狂地飛來飛去，沉沉的拍翅聲越來越強烈。

甜膩的屍臭味仿如滲入肺部，從體內開始侵蝕身體。

「冰知還活著。」

「住口，智鋪！」

神將的低囔敲打著比古的耳朵。

「比古，那個男人是叫冰知吧？」

「廢話少說！」

比古按住了胸口。

心臟怦怦狂跳，怎麼也靜不下來。

「珂神，你聽我說。」

令人懷念的聲音幾乎燒盡他的心，他抵死抗拒。

不可以看對方的臉。知道不可以，還是會被拖著走。明明知道不可以，還是會去聽。

從神將全身冒出來的鬥氣，把深色靈布和茶褐色頭髮吹得狂烈飄揚。

隱約聽見拍翅聲中似乎混雜著悄悄靠近的躂躂腳步聲。

乞求的聲音悄悄溜進了被腳步聲吸引的比古耳裡。

「請聽我說，求求你——瑩祇比古。」

猛烈狂跳的心臟，突然靜下來了。

比古推開六合的背，蹣跚地走到前面。

只有一個人知道這個名字。

拍翅聲好吵。

「……真鐵？真的是你……？」

比古喃喃低語，真鐵苦笑著點點頭。

「比古！」

六合的斥喝直接跳過了比古的耳朵。

被無數黑虫包圍，因而看不清楚的外圍，似乎有幢幢黑影。

但比古顧不了那些黑影，視線怎麼樣都離不開真鐵。

「……真……」

才剛要開口，強烈的頭痛又襲向了比古。劇痛直貫腦際，比古屏住呼吸，眼前白茫茫一片。

同時，靠止痛符壓住的身體疼痛又復發了。

比古痛到不能呼吸，蹲下來用手按住疼痛的地方。

隔著衣服，可以摸到血正漸漸滲出來。比古在模糊的意識中思索，寫在符咒上的咒文，可能是因為再度出血，失去了抑制的效用。

他感覺有好幾個腳步聲，混雜在黑虫的拍翅聲中靠近。不知道為什麼，感覺不到神將的氣息了。

「……比……古……！」

平時沉默寡言的神將的怒吼聲，聽起來好遙遠。

周遭的氣溫似乎驟然下降了。

激烈的拍翅聲中，夾雜著水滾沸般的噠噗聲，甜膩的屍臭味濃度增高，向這裡湧了過來。

比古強忍著頭痛，抬起頭，把眼皮往上推。

眼前有隻手伸向了他，手的後方有張令人懷念的面孔。

「……鐵……」

記憶就到他想握住那隻手為止。

感覺長期埋藏在心底深處的情感，在逐漸模糊的意識角落爆發了。

真鐵。真鐵。真鐵。

不可能，他不可能死了。

那個真鐵不可能丟下我們去任何地方。

不可能，大家都在說謊。

即使大家都那麼說；即使他真的被沙土淹沒了。

他也一定從那裡逃開了，現在還活在某處。

畢竟——

我並沒有親眼看見。

他只是消失了，沒有人知道真相。

我、唯獨我，相信他還活在某處。

一直以來，我都是這麼相信。

所以——

不管是以何種形式、發生任何事，

能再見到他、能再聽見他的聲音，

我真的、真的開心到很想哭。

◇ ◇ ◇

在沉沉拍翅聲中奔馳的昌浩和太陰，回神時已經來到一片靜寂的暗黑中。

豎起耳朵可以聽到非常非常微弱的水聲。

定睛凝視的昌浩，發覺黑色水面正逼向腳邊。

他警覺地遠離水面，搜尋菖蒲的身影。
「昌浩，你還好吧？」
聽到擔心的語氣，昌浩疑惑地歪著頭問：
「什麼好不好？」
為了配合昌浩的視線高度而飄浮在半空中的太陰，摸著自己的脖子說：
「剛才那些黑虫……它們的陰氣，害我喉嚨有點嗆……」
話還沒說完，太陰就彎起身體，咳了好幾聲。是那種沉沉的悶咳。
感覺很像敏次的咳嗽，讓昌浩心驚肉跳。
「我還好，沒怎麼樣。」
昌浩確認過喉嚨、肺部的狀況後回答，太陰安心地喘了一口氣。
就在這一剎那，兩人的耳朵都被微弱的水聲敲響。
視線反彈似的掃視周遭的昌浩，看到黑色水面掀起好幾圈的波紋。
菖蒲佇立在水面上。
高高舉到胸口的右手，抓著白色蝴蝶。
菖蒲把頭一歪，開心地笑了起來。
「我跟你說哦，這隻蝴蝶的翅膀很脆弱呢。」
像唱歌般說著話的女人，把另一隻手伸向白色蝴蝶，眼睛瞇得更細了。

「你知道嗎？翅膀破碎了，就不能復元了。」

女人邊摸著翅膀邊看著昌浩。

看到她的雙眼閃爍著陰暗的光芒，昌浩的心臟狂跳起來。

「所以……」

伸向蝴蝶的左手指，不假思索地扯下了一片白色翅膀。

「你再阻撓祭司大人，我就破壞你們想要回去的蝴蝶。」

紛紛飄落的翅膀，映出某人扭曲變形的臉。

昌浩憑直覺判斷，那不是敏次的魂虫、不是皇上的魂虫，也不是他認識的其他人的魂虫，是沒見過的臉。

然而，不管那是誰，被扯掉的翅膀都不可能復元了。那麼，這隻魂虫的主人會怎麼樣呢？

菖蒲看著血氣唰地往下降的昌浩，用溫柔的手勢小心地拔掉蝴蝶的翅膀。

白色碎片紛紛飄落水面，就那樣沉入了水底，看不見了。

觸角和腳也沉入了水裡，最後掉下去的是被撕成兩半的身體。

菖蒲把空蕩蕩的手揮給昌浩看，嗲聲嗲氣地嘻嘻笑了起來。

無情地撕毀一隻蝴蝶的女人，在水面上以舞蹈般的步伐滑行前進，輕盈地走到水邊。

看著她前進方向的昌浩，發現黑暗中藏著什麼東西。
菖蒲一靠近，黑色東西就嘩地散開，露出剛才被遮住的白色東西。
「那是……什麼……？」
太陰訝異地問，昌浩默默搖著頭。
撫摸著白色的東西，把臉靠過去的菖蒲，回頭瞥了昌浩一眼。
昌浩悄悄向前走。原本以為會被菖蒲喝止，沒想到她只是淡淡笑著，什麼也沒說。
走近一看，才知道那是一顆很大的透明球。看起來白白的，是因為球裡面塞滿了白色的東西。
白色的東西翩翩舞動著。
「是魂虫……」
喃喃低語的昌浩覺得喉嚨乾渴。
裡面有數不清的魂虫。應該不只是在京城被黑虫攻擊而死的人的魂虫。
昌浩想起智鋪眾創造了種種奇蹟，例如治病、療傷、讓死人復生。
就像文重乞求讓死去的柊子活過來。
會希望死者復活的人，通常是死者的家人、戀人等非常親密的人。他們與死者關係密切，非常清楚死者是怎麼樣的性格、會有什麼樣的行為舉止，死者就活在他

們心中。

那些記憶都擺在魂虫裡面。死者就是以此為核心，復活成原來的樣子。

那麼，那些沒人為自己乞求的人，會怎麼樣呢？

正這麼胡思亂想的昌浩，耳朵突然被「呀」的短短慘叫聲刺穿。

轉頭一看，張大眼睛的太陰正用雙手摀住了嘴巴。

「太陰？」

昌浩疑惑地皺起眉頭，太陰默默指向了球。

塞滿白色蝴蝶的透明球，直徑有六尺多，非常大一顆。以昌浩的身材，不用彎腰也可以輕鬆地鑽進去。

昌浩定睛凝視太陰指給他看的是什麼東西，半晌後倒抽了一口氣。

球底下積滿了紅色的液體。

魂虫每動一下翅膀，球就會微微震動。球動起來，紅色的液體就會跟著動。

從成群的白色魂虫中間，淌落看似紅色水滴的東西，掉到球底下。

吥鏘。

響起不注意聽就不會聽見的微小聲音。

「是血……？」

喃喃低語的昌浩，心臟突然狂跳起來。直覺比意識更早明白，那裡有什麼東西。

菖蒲放在球上的手，像撫摸表面般動了起來。

魂虫們對她的動作產生反應，喀喳斷成兩半。

心臟在胸口重重地跳動。

「冰……知……？」

跟魂虫一起被關在球裡面的，毋庸置疑就是冰知。

他全身血淋淋，穿的衣服也破破爛爛，能保住形體算是奇蹟了。現影特有的白髮也沾滿了血，緊貼在被染成紅黑色的臉上。

冰知的身體似乎是飄浮的，沒有任何東西撐住他。在他周圍的無數魂虫，看起來像是支撐著他，但其實並不是。

觀察冰知模樣的昌浩，發現球裡充斥著陰氣。

被關在裡面的魂虫，虛弱地拍著翅膀。以陰陽來說，它們是屬於陽，所以持續接觸陰氣會逐漸衰弱，也是無可厚非的事。

同理可證，被關在裡面的冰知也一樣。

昌浩瞪著把身體靠在球上的菖蒲。

「把冰知放了。」

菖蒲眨一下眼睛，像個孩子般歪起了頭。

「冰知？你是說這個外殼嗎？」
「外殼？」
昌浩不由得回問，菖蒲帶著天真的眼神說：
「是啊，他是祭司大人選出來的外殼。不過，大概很快就會壞掉了。」
「什麼？」
回看昌浩的菖蒲，把眼睛細瞇成一條線。
「可是，沒關係，因為有兩個可以替代。」
開心的語氣令昌浩毛骨悚然。
太陰悄悄抓住了他的肩膀。
『昌浩。』
昌浩的視線沒有離開菖蒲，只動了動肩膀，這樣就能傳達意思了。
『我來引開她的注意力，你趁機破壞那顆球，把冰知和魂虫放出來。』
話一說完，太陰就纏著風飛走了。
「哎呀……」
眨著眼睛的菖蒲低聲叫嚷。太陰一舉飛進攻擊距離，在高舉的雙手之間做出了一團風壓。神氣之風發出了咆哮聲。
「看招！」

菖蒲高高跳起來，閃過被拋出來的一團風壓。

昌浩趁機奔向了透明的球。

「喝！」

就在吶喊的同時，昌浩揮出了高舉的刀印。

4

◇　◇　◇

到達竹三条宮的十二神將勾陣，站在瓦頂板心泥牆上，仰望夜幕低垂的天空。

差不多快亥時了吧？

掛在竹三条宮屋簷下的燈籠已經點燃，照亮著外廊和渡殿。庭院裡也點燃著幾處篝火，勾陣看見到處都有人影。

是守衛。他們輪流巡視，以防火熄滅或是有閒雜人等進入。

點燃篝火可能是為了隨時迎接從皇宮來的使者。

火光照亮著通道，接到通知時，就可以馬上進宮。

這個時間，內親王脩子應該上床了，侍女們也回到各自的房間睡覺了。

正要前往風音房間的勾陣，看到連接對屋與主屋的渡殿上，有蹦蹦跳跳的身影。

是熟識的小妖們。

「喂——式神！」

小聲叫喚勾陣的是猿鬼，獨角鬼和龍鬼在它旁邊揮著手。
勾陣從瓦頂板心泥牆跳到渡殿的屋頂上，開口說：
「你們去把風音叫醒，我有事問她。」
三隻小妖面面相覷，由龍鬼負責回答：
「風音不在啊。」
「不在？」
勾陣詫異地皺起眉頭，猿鬼和獨角鬼對她點點頭。
「她說昌浩拜託她做一件事，說完就出去了。」
這麼回答的是猿鬼，獨角鬼接著說：
「大概是傍晚左右吧，她叫我們幫她做掩飾，不要讓人發現她不在竹三条宮裡。」
勾陣很想知道小妖們如何幫風音做掩飾，但還是問了其他的事。
「她去哪了？」
小妖們歪著頭說：
「詳細情形我們也不知道耶。」
「烏鴉應該知道吧。」
回答的是獨角鬼和龍鬼，勾陣又問它們：

「嵬在哪裡？」

「它被公主帶到床上，跟公主在一起。」

這麼說的猿鬼，表情好像有些困惑。

勾陣發現它的表情變化，疑惑地歪起了頭。猿鬼察覺她的視線，合抱雙臂，嗯嗯地沉吟起來。

「最近，公主每天晚上都會作不好的夢。」

勾陣眨了眨眼睛。

「不好的夢？怎麼樣的夢？」

被神將一問，小妖們面面相覷。

「算是惡夢嗎？」

「聽公主說，是很安心、很開心的夢。」

「好像連醒都不想醒來呢。」

勾陣越聽越迷糊，心想這哪裡是不好的夢呢？

龍鬼似乎看出了她的心思，表情苦澀地說：

「就是啊，我們也問過烏鴉，這哪裡是不好的夢呢？」

「問嵬？嵬說是不好的夢嗎？」

勾陣插嘴問，三隻小妖都對著她點頭說：

「對。」
嵬每天晚上都被脩子抱上床，有時跟她一起鑽進外褂裡，有時坐在枕邊直到天亮。
小妖們也會溜進脩子的床帳裡，但最近都是嵬陪在睡覺的脩子旁邊。
皇上病情惡化，脩子曾喃喃說著可能過不了明天。小妖們記得，就是那時候開始的。
猿鬼咔哩咔哩抓著角的旁邊。
「可能是烏鴉比我們可靠吧。」
「那傢伙在各方面都滿強的。」
「有什麼萬一時，它的力量足以保護一、兩個公主，所以由它陪在現在的公主身旁是最好的。」
小妖們你一言我一語地說著，表情卻不是那樣。
有些不滿的眼神，強力訴說著它們也很可靠、它們也能保護公主、它們也能讓公主有安全感。
居天津神最高位的天照大御神的後裔會被妖怪喜歡到這種程度，也是件有趣的事。
它們與脩子之間的交情，是從她接到神詔前往伊勢時開始。

與昌浩扯上天狗們的愛宕鄉事件是同一個時候。

「回想起來，我們跟公主也認識很久了呢。」

猿鬼忽然露出遙望遠處的茫然眼神。

龍鬼眨眨眼，用力點著頭。

「說得也是。」

「我們的壽命很長，所以不覺得很久，可是對人類來說，四年夠長了。」

屈指數著一二三四的猿鬼，頗有感觸地說。

「在伊勢時才五歲的公主，現在都九歲了。」

「那時候很危險呢，公主差點被帶走了。」

「啊，沒錯、沒錯。」

「藤花一直說是自己的錯，我看得好不忍心。」

小妖們感慨良多地回想起在伊勢的時光，勾陣合抱雙臂俯視著它們。

龍鬼察覺到她的視線，舉起雙手說：

「啊，抱歉、抱歉，把妳忘了。」

嘴巴不停地道歉，卻是滿不在乎的樣子。

勾陣有種莫名的疲憊感，嘆了一口氣，突然覺得身體變得好沉重。

為了轉換心情，她甩甩頭，開口說：

「幫我把寃叫來。」

「原來是為了這件事啊？妳早說嘛，式神。」

「想請對方幫妳做什麼事，不說出來，對方是不會知道的。縱使我們活得很長，是博學的京城妖怪，也沒辦法看透妳的心啊。」

「妳好歹也是陰陽師的式神，應該充分使用言靈這種東西嘛。」

不知道為什麼被諄諄教誨，勾陣滿臉複雜地靜默下來。

它們說的話很有道理，但總覺得哪裡不合情理。勾陣若是真要跟它們計較，擊出一道神氣就可以把它們消滅了，所以她在心裡不斷告訴自己，千萬不要做無謂的殺生。

「沒辦法，就去幫妳叫吧，妳等著。」

勾陣邊點著頭，邊用一隻手按住了眼睛，心想如果小怪在這裡，就可以讓小怪去應付它們了。

獨角鬼和龍鬼邊目送猿鬼走向脩子居住的主屋，邊「砰」地拍了一下手。

「對了、對了，式神那傢伙還躺著嗎？」

「晴明也真辛苦呢，他還好吧？」

雙眼幾乎發直的勾陣，舉起一隻手說：

「你們說的是哪個式神？把話說清楚嘛。」

想也知道是在說誰，可是自己是式神，那個也是式神，還有其他很多式神。

兩隻小妖相對而視。

「要我們叫你們的名字也行，但你們也應該叫我們的名字，這樣才合理吧？」

「對、對，畢竟我們的名字是……」

獨角鬼瞥一眼其中一間對屋。

「……是她取的非常、非常重要的名字。」

在獨角鬼旁邊的龍鬼，擺出「對啊對啊」的表情，不停地點頭。

勾陣的眼皮顫動了一下。

替它們取名字的人就住在那間對屋的房間，這個時間應該已經睡了。

勾陣知道，小妖們不說出藤花的名字，是因為她替它們取名字的時候，是叫另一個名字。

小妖們再也不說出那個名字，一定是因為她這麼希望。

「啊，對了，聽我說嘛，式神。」

龍鬼突然改變了話題。

勾陣還沒回應，小妖就接著說下去了。

「傍晚很晚時，左大臣又來了。」

「啊，對、對，他真是沒受夠教訓，又帶了什麼貴族的書信來，硬要藤花收下，煩死人了。」
勾陣蹙起了眉頭。
「什麼？」
「皇上正在生病，這種事應該往後延嘛。」
在皇上命危的狀態下，就連小妖都認為那不是現在必須做的事。
「最好是往後延，延到後來就忘了。」
勾陣莫名地覺得有什麼卡在心裡，在兩隻小妖前面蹲下來說：
「左大臣看起來是什麼樣子？詳細告訴我。」
看到神將如黑曜石般的雙眸閃著厲光，龍鬼與獨角鬼面面相覷。

◇　◇　◇

左大臣沒有先通報就來了，竹三条宮慌成了一團。
每個人都臉色發白，擔心會不會是寢宮的清涼殿發生了最糟糕的事，但沒有人說出口。
脩子的精神不太好，抱著烏鴉躲在床帳裡，不肯見左大臣。
左大臣被帶到離主屋稍遠的廂房，由總管和幾名侍女迎接他，其中也包括

藤花。

草草說完陳腔濫調的開場白後，左大臣馬上確認竹簾、帷屏後面有哪些待命的侍女，一看到藤花就遞出了一把扇子。

總管和其他侍女都把視線投注在臉色發白的藤花身上。

表情有點緊繃的總管想要緩和氣氛，開口說：

「左大臣大人，這位侍女……」

道長瞪總管一眼，以動作催促藤花收下扇子。

藤花在意著總管和侍女們的目光，在膝上交握雙手，低著頭動也不動。

沒多久，左大臣終於惱怒地開口了。

「侍女大人，不用我說，妳也知道是要給妳吧？」

藤花驚慌地抬起頭，隔著竹簾與左大臣的視線交會了。

感覺左大臣眼神裡帶著沉默的憤怒，藤花嚇得縮起了身子。

總管看到她那樣子，又面向左大臣說：

「左大臣大人，我們竹三条宮的主人公主殿下，因為太過擔心飽受病痛折磨的皇上，自己也病倒了，所以今晚您請先回吧。」

道長默默瞪視總管。

全身發抖的總管，覺得有點不對勁。

左大臣對內親王的存在其實沒什麼好感，但這麼露骨地表現出粗暴的態度，也太奇怪了。

誰都知道，他希望女兒藤壺中宮生下皇子，這樣他就能以外戚身分掌握絕對的權力。即便如此，至今以來，左大臣在表面上還是沒有怠慢過內親王脩子。

藤花等所有的侍女，都是內親王脩子的僕人。左大臣的身分再高，也比不上脩子。

按理說，道長不能命令脩子的侍女做任何事。

然而，眼前內親王脩子不在現場，以竹三条宮總管的身分，也不能強烈要求左大臣怎麼做。

「那麼，你把這把扇子交給侍女藤花。」

「是……啊，可是……」

總館支支吾吾地回應，左大臣以低沉的語調對他說：

「我改天再來拜訪。你務必轉告她，在我來之前作好決定。」

表面上做出命令總管的樣子，聲音卻大到所有侍女都聽得見。

「左大臣大人，這種事……」

「告辭了。」

很不客氣地拋下這句話後，道長站起來，快速離開了廂房。

藤花隔著帷帳目送他的身影離去，忽地蹙起了眉頭。

藤原道長這個男人身為左大臣、身為藤原氏一族的首領，向來很注意自己的一舉手一投足，以防其他家族趁隙而入。說話前斟酌再斟酌，已經成為他的習性。

然而，今天的道長看起來很憤怒、很著急，彷彿走投無路了，焦躁不已。

皇上病重的事，竹三条宮的人都知道。寢宮一一派使者來，報告完詳細病情就回去了。

命婦臥病在床，所以由總管聽取報告，再透過守在床帳旁的侍女，逐一上奏脩子。但她都沒什麼反應，一直窩在床帳裡面。

總管深深嘆口氣，拿起道長留下來的扇子。

沒有圖案的扇紙上寫著一首詩歌，字跡有欠流暢，但強勁有力。

扇子熏染的香味，會隨風向散發出來。雖然有點濃郁，但嗅得出品味。

詩歌就不必看了，想也知道是某個貴公子寫給藤花的。

由左大臣當媒人是很奇怪的一件事。但想到藤花的身世，會發生這種事也可以理解。

藤花垂著頭，雙手緊緊交握。侍女們沒有靠近她，壓低嗓門竊竊私語。她們的眼睛裡絕對沒有敵意，也沒有類似敵意的譴責，但顯然對左大臣為什麼會那麼做感到十分疑惑。

唯一值得安慰的是，侍女們都看得出來，藤花本身一點都不開心，甚至感到震驚、不知所措。

左大臣的獨斷獨行令藤花非常困擾。她是全心全意在侍奉脩子。

然而，就是因為這樣才麻煩。

沒有身分的一般侍女，不能違逆左大臣。道長認真起來，可以輕易地把她帶出竹三条宮。

闔上扇子的總管，從竹簾下方把扇子遞過去，平靜地叫了一聲：

「藤花。」

藤花吃驚地顫動肩膀，緩緩抬起了頭。失去血色的肌膚發白，怯生生地緊繃起來。

總管放下扇子站起來。

「妳先回房休息一下，叫妳時妳再出來。」

「可是……」

話語從她的嘴唇溢出來，但沒有持續下去。

「妳這樣子會影響工作吧？回房間去。」

藤花拗不過總管的語氣，沮喪地垂下頭，行個禮回房去了。

目送她背影離去的總管，覺得頭疼，甩了甩頭。

他跟命婦、侍女菖蒲一樣，身體也不明原因地感到不適。不過只有稍微發燒，還有偶爾咳嗽，不到必須躺下來的程度，所以沒告訴任何人。

命婦她們也經常乾咳，他想或許是被她們傳染了也說不定。

為了謹慎起見，去給藥師看過一次。經藥師診斷應該不是生病，而是累過頭了。

最近，京城的空氣特別沉滯，所以聽說很多人因此傷到了喉嚨、肺部。

他仔細觀察過，也有不少在竹三条宮工作的人，偶爾會咳嗽。

聽說在寢宮清涼殿工作的侍女們，也都出現了乾咳、微燒、倦怠感等相同的症狀。

總管的神色蒙上了陰霾。

說來說去，都是因為皇上生病危急性命，造成嚴重的沉滯，所以人心都被阻塞了。

這種時候，左大臣到底在想什麼，怎麼會做出那種事？

總管嘀嘀咕咕發牢騷，怒氣油然而生。

「這種時候……咦？」

焦躁地移動視線的總管，發現剛才放下扇子的地方，扇子不見了。

難道是藤花帶走了，只是自己沒看到？

在附近走來走去找了一會都沒找到，所以總管硬是做出「一定是那樣」的結論，回去工作了。

待在橫樑上的三隻小妖，看到了所有事情的經過。

三隻小妖圍著闔起來的扇子，面有難色地沉吟著。

沒想到左大臣會固執到這種地步。

「怎麼辦呢……」

「嗯——」

「嗯——」

最後，它們決定先把扇子藏起來，可是接下來該怎麼做，它們怎麼樣也想不出好辦法。

◇　◇　◇

「……事情就是這樣。」

獨角鬼才剛說完，不知何時跑哪去的龍鬼，又拿著一把扇子回來了。

「這就是那把扇子。」

龍鬼骨碌骨碌轉動闔上的扇子，表情變得陰鬱。

「我們正在煩惱該怎麼處理呢，這種東西本來就不該存在，可不可以乾脆丟進煮飯的爐灶裡，當作什麼事都沒發生過呢？」

「不行吧……」

「嗯——是嗎？交給藤花也不能怎麼樣，只會讓她困擾而已。」

「只是困擾也就算了，最糟的是左大臣那傢伙還會來聽她的回覆，現在應該先想辦法解決這件事。」

龍鬼吊起眉梢，把扇子扔出去。扇子掉在鋪柏樹皮的屋頂上，散發出淡淡的香味。

獨角鬼舉起一隻手說：

「事到如今，只能號令京城所有同伴，動用武力了。最快的辦法，就是選個時機把左大臣除去。」

「等等。」

覺得有點頭疼的勾陣，舉起了一隻手。

不管獨角鬼是不是長得像一顆球、個子是不是很嬌小，會滿不在乎地說出這麼可怕的話，就是不折不扣的妖怪。當然，聽完獨角鬼的話，拚命點頭說那是好主意的龍鬼也一樣。

真的開始頭疼而皺起眉頭的勾陣，忽然嚴厲地瞇起了眼睛。

她發覺自己竟然被這種小事攪得煩躁難耐。於是把手放在胸前，仔細數呼吸的次數，結果比平時更淺更急促。

不覺中，呼吸變得特別困難。

風好沉。

勾陣知道非常相似的風。

那是尸櫻世界的風。

勾陣的胸口湧現一股寒意，盤據在心底深處。

她想起一直暴露在邪念、汙穢中卻渾然不覺的事。

樹木枯萎會使氣枯竭，形成汙穢。而汙穢又會招來死亡。

現在感覺到的風，跟那個世界的風非常相似。光是待在那個尸櫻世界，那裡的風就會把生氣、神氣和體溫都奪走。

不，勾陣想到不僅是風而已。

流過地底深處的龍脈，也因為汙穢而發狂了。

獨角鬼訝異地看著沉默下來的勾陣，擔心地歪著身體說：

「喂，式神，妳的臉色不太好呢。」

旁邊的龍鬼眨了眨三隻眼睛說：

「啊，真的呢，比剛才白……妳沒事吧？」

兩隻小妖真的都很擔心她。

「居然要小妖替我擔心，我也越來越沒用了。」板著臉低聲嘟囔的勾陣，甩甩頭說：「我的身體的確還沒完全復元，但沒你們想的那麼糟。」

「是嗎？昌浩也常常這麼說，硬撐到底，這麼做也不會有好結果喔。」

「……我會記住。」

風吹起她的髮梢，呼嘯而過。雖是夏天，那陣風卻不涼不熱，帶著黏稠纏繞在人的肌膚上。

勾陣感覺裡面潛藏著陰氣。

昌浩才剛徹底祓除，京城卻已經又冒出了陰氣。

為什麼會這樣？勾陣想也知道。

是因為大地本身帶著汙穢。

以前也發生過同樣的事。降下汙穢的雨，使原本汙穢的大地更加汙穢。因汙穢而發狂的龍脈暴走，京城便出現了金色的龍到處作亂。

目前還沒有跡象顯示，又會發生當時那種龍脈的暴走。但枯木帶來的汙穢，正一點一點注入，的確開始發狂了。

而大氣接觸到帶有汙穢的大地，所以汙穢也開始轉移擴散到大氣了。

光祓除京城的表面沒有用。必須連同存在於天地的汙穢一起祓除，否則無法清

除汙穢。
晴明可能還沒察覺。倘若已經察覺，一定會提起這件事。
他都待在包圍安倍家的強韌結界裡，沒有察覺又在京城形成的汙穢也是情有可原的事。
而汙穢會招來死亡。
皇上和藤原敏次可能都會在汙穢的召喚下死亡。
無意識的思考，使勾陣驚愕地咬住了嘴唇。碰觸到汙穢，思考本身就會傾向陰的一方，整個人被沒來由的強烈倦怠感籠罩，覺得疲憊不堪，懶得行動也懶得思考。
「啊……原來如此。」
低聲嘟囔的勾陣不寒而慄。
京城，不，是整個人界，是不是正一步步邁向與那個充斥著死亡的尸櫻世界相同的狀態呢？
勾陣想起在那個世界發狂而亡的男孩。最後他走投無路，被恐懼所迫，選擇了不該走的道路，並付諸行動。
不僅是屍，神將們也一樣。朱雀為了救天一，把劍舉向了主人。勾陣自己也沒察覺屍的意圖，用他遞過來的布把血擦掉。

勾陣瞥了一眼小妖們瞪視的、放在屋頂上的扇子。

左大臣為什麼想把貴族寫的信交給藤花，勾陣似乎知道真正的理由。道長是真的很關心隱藏身分躲在竹三条宮侍奉公主的女兒，希望她能幸福。但是會突然開始做這種事，可能是因為汙穢扭曲了他的心。

待在尸櫻世界時的昌浩就是這樣。他本人毫無自覺，認為自己是在做最正確的事、必須做的事，看在旁人眼裡卻是錯誤的選擇。

「讓妳久等了。」

猿鬼帶著嵬回來了。

烏鴉仰頭看著神將，舉起一隻翅膀說：

『找我有什麼事？十二神將。我必須當內親王的夢守，如果沒什麼大事，請改天再來。』

以冷漠的語氣把話說完，嵬轉身就走。勾陣一把抓住它問：

「夢守？」

『是啊，最近內親王都很淺眠，夢的品質不太好。』扭頭看著勾陣的嵬，表情嚴肅地說：『今天安倍晴明應該有收到內親王的信吧？』

勾陣點點頭，嵬瞥主屋一眼，接著對她說：

『內親王從打盹中醒來的第一句話，就是要求替她準備硯台盒，然後就寫了那封信。』

她專心寫完信，把信交給使者，表情一放鬆，就被睡魔襲擊了。

這也難怪，因為天還沒亮，寢宮就派了使者來，脩子匆匆忙忙進了宮。後來皇上稍微好轉，她才暫時先回到竹三条宮，那時已經太陽高掛了。

睡眠時間已經不夠了，最近又聽到一點點聲響或說話聲就會醒來。

因為她怕會不會又是寢宮派來的使者，帶來了噩耗。

每天都很淺眠，沒辦法解除身體的疲憊，也沒有食慾，還常常乾咳。

命婦和侍女菖蒲自從上次進宮回來後，身體狀況就不太好，現在脩子也跟她們一樣身體不適。

既然是進宮回來後才變成那樣，那麼，原因一定是充斥寢宮的可怕陰氣。只要祓除陰氣，安靜休養，就會慢慢復元。

聽到勾陣那麼說，烏鴉回應她：

『沒錯，所以我家公主命令我陪在內親王身邊。』

有嵬在，就能祓除陰氣和汙穢。更重要的是，對絕對還不是大人的脩子來說，有人陪在身邊是最欣慰的事。

就這樣，嵬也進了床帳裡。進去後，嵬發現脩子作著奇怪的夢。

她說她不太記得是怎麼樣的夢。但據她說，是很安心、很開心的夢。

然而，嵬卻看到了不一樣的東西。脩子說很安心、很開心，卻臉色發白、眼睛茫然地遙望著遠處。

她的聲音也不像在講真話。若是真話，會打動人心，脩子的話卻直接從嵬的耳朵通過，沒有留下痕跡。

只有一次，她說了真話。就是突然從打盹中醒來，要求準備硯台盒那一次。

「內親王說了什麼？」勾陣問。

嵬語氣沉重地低聲回答：

『有人在夢裡給她建議，說這麼做就能救皇上。』

「誰給她建議？」

嵬搖搖頭說：

『我追問她，但她已經忘了內容，只記得是女人的聲音。』

建議她這麼做的人的臉、裝扮都很朦朧，一醒來就煙消雲散了。唯獨女人的聲音留在記憶裡。

是非常溫柔、非常甜美的聲音。

脩子最後還補上了一句話。

——有點像母親的聲音。

只有在提到母親的時候，脩子看起來真的很開心，失去血色的臉頰稍微泛起了紅暈。

嵬非常確定，脩子是認為雖然不記得了，但說不定是母親來見自己了。

然而，真的是這樣嗎？

那時候，嵬也一直陪在她身邊，還記得她躺在床帳裡，把身體縮成一團的樣子，與說不定會失去父親的恐懼奮戰。後來不敵睡魔，被拖進了睡眠裡，但表情還是一樣緊繃。

如果真的是可以安心、會帶來歡樂的夢，她不可能是那種表情，應該是更幸福、更安詳的睡顏。

勾陣深思地低喃：

「叫內親王寫信的女人啊……」

脩子依照夢境寫了信，命令晴明救皇上。

同一時間，陰陽頭報告朝議決定事項的信也送到了。

這會是偶然嗎？

『內親王也寫了信給陰陽頭，內容跟寫給晴明的一樣，要他務必救皇上。』

脩子並沒有命令他用陰陽生當替身來救皇上。但是，她的意向的確在背後大大

推動了朝議上的決議。

既然內親王都開口了，那麼，不管使用什麼手段，無論如何都要把皇上從病危中救出來。

「——」

勾陣和嵬都知道了。

那不是偶然，而是被巧妙地設計過。

道路被鋪好了。

嵬嘆口大氣，張開烏喙說：

『所以，十二神將，妳有什麼關於智鋪眾的新消息嗎？』

天快亮時昌浩來過，他說愛宕的天狗鄉發生了變異，他要從播磨國去阿波國。嚴格來說，是昌浩告訴了風音，風音又告訴了嵬。

昌浩說有神祓眾的人下落不明，而且跟那個九流族的後裔有關。

風音和嵬都對這件事非常驚訝。

他們都知道那兩個九流族住在奧出雲。只有在真的是非常偶然的情況下，他們兩個會晃到道反聖域，說說自己的現況，說完就走了。

道反女巫和守護妖都再三勸他們兩個留下來，但他們就是不肯點頭。

——那裡有茂由良，還有真鐵……

而後女巫和守護妖不再勸他們留在聖域，對他們說需要幫忙就隨時過來。

『安倍昌浩應該已經到了阿波國吧？沒收到報告嗎？』

嵬緊接著這麼問，勾陣正要回答時，忽然想起一件事，詫異地問：

「風音呢？」

勾陣來訪，風音不可能沒察覺。

嵬突然沉下了臉。

『她……沒回來。』

「什麼？」

勾陣不由得望向藤花和風音的房間。

那間對屋沒有亮燈。搜尋裡面的氣息，的確只有一個人。

『公主說要去九条的宅院，在逢魔時刻外出，就沒回來了。』

嵬沉下臉，並不是氣風音沒來任何通報，而是打從心底擔心她的安危。

對這隻烏鴉來說，風音是比自己更重要的存在。它的內心想必已颳起大風大雨，只是什麼都沒說。

但是，又不能拋下情緒不穩定的脩子去找風音，所以它一直在忍。

烏鴉仰望天空說：

『直到昨天都是晴天，可是，今天過了傍晚，就出現了一點雲。』

勾陣也追逐烏鴉的視線，抬頭看天空。

回想起來，直到昨天，的確都是萬里無雲的星空，給人舒爽的感覺。

然而，眼前他們頭頂上延伸的夜空，卻像蒙著一層薄紗，幾乎看不見小星星。儘管已經是十三日的夜晚，卻連向西傾斜的月亮都迷迷濛濛，只能看到模糊的輪廓。

陰氣的雲又開始覆蓋天空了。

勾陣搜尋陰氣來源，皺起了眉頭。

有個地方的陰氣特別濃厚。仔細看，就能看到陰氣如煙霧般升起。

裊裊上升擴散的陰氣，看起來像煙又像雲。

在京城南方，也就是九条郊外附近。

昌浩擔心的藤原文重的宅院，應該是在九条的東邊。

風音去了那裡就沒回來了。

藤原文重的妻子柊子，是扭曲了哲理的存在，本身就是汙穢。

汙穢會招來死亡。死亡會招來汙穢，使所有東西都傾向陰。

接觸陰氣，不論生氣、神氣、體溫都會被連根拔除，只能等待死亡。

『——』

嵬不發一語。風音把脩子交給了它，所以它再痛苦，也不能離開這裡。

勾陣把嵬放下來，轉過身去。

「我要去九条。」

十二神將勾陣留下跟風音同樣的話，縱身躍起。

5

遠處響著拍翅聲。

「……唔……」

緩緩抬起眼皮的風音，用一時沒辦法聚焦的眼睛，望著半空。

環繞著她的是一片漆黑。

好冷。手腳都不聽使喚，動彈不得。全身如鉛塊般沉重。

儘管如此，她還是鬆了一口氣，因為想到了一件事。

那就是自己還活著。

脖子被割破、流出大量的血，她都記得。

也記得那個男人要喝她的血。

她無法忍受，閉上眼睛，意識就那樣被黑暗掩蓋了。那之後怎麼樣了，她不知道。

但是，她想藤原文重一定如願撿回了一條命，也救回了所愛的妻子。

文重和柊子都知道風音的血具有什麼功效，是菖蒲告訴他們的。

風音的血可以讓死人復活，也可以讓八岐大蛇變成實體。

加入智鋪眾的菖蒲，會知道血的功效也不奇怪。

風音曾經是侍奉智鋪宗主的女巫，是創造奇蹟的宗主的左右手。宗主沒有用過風音的血，但應該知道她的血的力量。

道反大神女兒具有什麼價值，宗主不可能不知道，不然不會想到要把她當成鑰匙，用來打開黃泉之門。

宗主不見了，但有祭司繼承他的志業。祭司會聽說這件事也不奇怪。

不知道才奇怪。

風音不寒而慄。智鋪眾若是找到另一扇門，要如何打開呢？

神的血可以打開門。道反大神的女兒風音的血，或是居眾神之末的神將騰蛇的血，都能打開門。

設圈套陷害自己的文重和柊子，莫非也參與了鋪設道路的工作？

非阻止他們不可；必須在發生不可挽回的事之前阻止他們。

眼睛逐漸適應了黑暗。

就在適應的同時，發現附近有人，昏昏沉沉的風音嚇得清醒過來。

她使出渾身力氣爬起來，環視周遭，不由得屏住了氣息。

在黑暗中看見的人影，是柊眾的後裔柊子。

她背對風音坐著，頭垂下來。

從她的身體不斷滲出陰氣，飄蕩著甜膩的屍臭味。

風音滿腹狐疑。難道她沒有喝下自己的血？為什麼？

響著層層的拍翅聲。聽起來很遠，其實是在很近的地方飛來飛去。聽起來很遠，是因為被結界遮蔽了。

地上滾落好幾根樹枝。不是朽木，是活枝。風音和柊子都待在以活枝為媒介編織而成的結界裡。

這裡是九条的宅院沒錯。在黑暗中肆意地飛來飛去的黑虫的後方，可以看到用來隔間的帷幔、帷屏。

聞到夾雜在甜膩的屍臭味裡的血腥味，風音移動了視線。

視線越過柊子背對著自己的背部，看到穿著狩衣的男人躺在那裡。

立刻進入備戰狀態的風音，聽見微弱的聲音說：

「請不要這樣……」

柊子以遲緩的動作轉過頭，越過左邊肩膀望向風音。

露出了全部潰爛而化為骷髏的臉。

風音驚叫一聲，屏住了氣息。柊子搖晃一下，用雙手撐住了地面。輕柔地披下來的長髮，有一束從頭皮脫落，發出聲響地散落在地上。

柊子摸著脫落的頭髮，低聲笑了起來。

「身體腐朽了，頭髮也會脫落。」
能維持到現在，已經是奇蹟了。
嘻嘻笑起來的柊子，聲音在顫抖，沒多久變成了嗚咽。
風音覺得很奇怪，躺在柊子前面的文重，動也沒動一下。
抱持戒心站起來的風音，偷偷觀察文重的模樣。
仰躺的文重閉著眼睛，嘴角被大量的血染紅了。
「……怎麼回事……？」
那不是風音的血，顯然是文重自己吐出來的。
柊子把手貼放在文重的臉上，抽抽噎噎地哭著說：
「神不會允許他再繼續扭曲哲理了吧……」

◇ ◇ ◇

文重手上沾滿了風音的血，就要把血吸進嘴巴裡了。
就在這時候，他突然停下動作，張大了眼睛。
「文重哥……?!」
驚訝的柊子，聽到喀喀的悶咳聲，同時看見文重的嘴巴吐出了血塊。

小到肉眼幾乎看不見的無數黑點，嘩地一聲，從吐出來的血裡飛起來。

「黑虫！」

就在這一瞬間，柊子恍然大悟。

心已經扭曲歪斜的文重，不只是失去魂虫而已，空缺的地方還被無數的黑虫佔據，築起了巢穴。

持續接觸汙穢、持續接觸陰氣，每吸一口氣，體內就會被侵犯，盤據在那裡的黑虫就日益強壯。

於是，想要救柊子的想法逐漸膨脹，產生犧牲他人也在所不惜的情感，把他逼上了行兇一途。

起因是菖蒲的一句呢喃細語。她說有了道反大神的女兒的血，即使沒有魂虫，也可以讓死人完全活過來。

這句話使文重徹底瘋狂了。

柊子都知道。

菖蒲是想知道門在哪裡。她認為把文重逼到絕境，柊子就會說出來。

但是，菖蒲鋪下的道路是沒有用的。

淚水從柊子開始一點一點潰爛的右臉頰滑下來。

「我已經想不起來門在哪裡了啊，妹妹……」

還勉強保有形狀的右邊嘴巴，微微笑了起來。

倒下去的文重邊喘息邊抬頭看著柊子，把沾滿血的手伸向了她。

抓住他的手的柊子，發現氣若游絲的他，眼睛望向了因失血而昏迷的風音。

柊子知道他的眼神在訴說什麼。

只要喝下風音的血，就能保住性命。這樣，文重就能永遠陪著柊子。

男人的眼神訴說著「我不會留下妳一個人」。

他的決心是那麼堅定、那麼強烈、那麼悲哀、那麼淒涼。

淚水從柊子的右眼掉下來。早已失去眼球而變成黑洞的左眼窩，也流下了血滴。

柊子握著文重的手，微笑著說：

「文重哥……我因為太愛你，產生了不該有的願望。」

自己因病而亡，壽命已盡卻不想死，希望能跟所愛的男人一起活下去。

這樣的想法消磨了她的決心。

其實，她不該留在這世上。

她把文重的手緊貼在自己的右臉上，說：

「到此為止吧……請不用擔心，我也會很快隨你而去。」

這句話意味著什麼，文重馬上理解了。

男人動著沾滿血泡的嘴唇，似乎想說什麼，然而，只從喉嚨擠出了微弱的氣息，發不出聲音來。

柊子微笑著，眼睛湧出止不住的淚水。她就這樣流著淚，把嘴巴湊向了所愛的男人的耳邊。

「文重哥，我有件事瞞著你。柊子這個名字，代表的是我是我的故鄉的孩子，不是我真正的名字。」

新的淚水又湧出來，沾溼了文重的眼皮。他明白柊子的想法，臉悲哀地扭曲起來。

柊子察覺文重緊貼在自己臉上的手有了力氣，驚訝地屏住了氣息。

男人為自己玷汙了雙手，卻又為自己放棄了那個念頭。

沒有了你，活著毫無意義。柊子這樣的心意，想必與文重的心意分毫不差。

「我的名字是藍，讓蟲子不敢靠近的藍染的藍，所以……」

她絕對不會把文重交給可能已經包圍這座宅院的大群黑虫。

黑虫會啃光屍骸，附在剩下的骨頭上，把屍骸做成傀儡。

女人完全不想讓它們把文重的身體做成傀儡。

「……」

男人的眼睛湧出了淚水。

女人把名字告訴自己了。光是這樣，他的心就被無法形容的滿足填滿了。

說不定他就是想知道女人的名字，想聽女人親口說出來，才會強行把女人已經結束的生命拉回來。

扭曲哲理非但沒有實現願望，反而牽連了很多人。

他想自己應該會下地獄吧。可是，柊子不一樣，藍不一樣。藍只是被自己牽連了。所以死後，自己應該會走上跟她不一樣的路。

柊子不會跟自己在一起，也不能跟自己在一起。

從文重眼中看到他在想什麼的女人，搖搖頭說：

「不，我也犯了罪。」

就是逃亡的柊子把黑虫引進了京城。

黑虫是陰氣的具體呈現。那種東西進入樹木枯萎、氣枯竭、汙穢沉滯的京城會變成怎麼樣，柊子不是不知道。

更糟糕的是，柊自己破壞了榎鋪下的道路。循著柊子逃亡的路線追逐而來的黑虫，找到他們在全國各地製造的假門一一破壞了。

榎最後製造的假門也被敵人發現，逼出了被注入假門底下的靈力。

回想起來，黑虫是巧妙地追逐柊子，誘導她經過「留」的附近。在她本身就是汙穢的狀態下，只要她靠近「留」，強烈的陰氣就會流入「留」，因為「留」會對

榊眾的血產生反應。

把假門全都挖出來後，剩下的就是真門了。現在柊子才想到，智鋪眾的目的就是挖出所有的假門。

「我想即便這世界毀滅了，只要有你在就行了、只要能跟你一起活下去就行了。這麼想的我，才是罪孽深重……」

所以該下地獄的是自己。

文重抖動著眼皮，呼吸快停止了。啊，剩下的時間不多了。

「我把事情解決後，馬上就來了。」

男人的眼皮很快地闔上了，貼在女人臉上的手也癱軟下來了。

女人緊緊抓住他滑下來的手，顫抖著喉嚨說：

「謝謝你，親愛的……」

讓男人仰躺下來後，柊子趴在他的胸口，啜泣了好一會。

◇　◇　◇

風音啞然失言。

就在不惜行兇殺人，只差臨門一腳之際，文重被命運拋棄了。

但這次柊子沒有救文重，沒有讓他喝下風音的血，而是選擇遵循哲理，絕不再扭曲哲理。

注視著丈夫遺體的柊子，忽然冒出了一句話。

「我不記得門在哪裡了。」

「咦？」

這句話太唐突，把風音嚇呆了。她心想這是什麼意思？柊子不是傳承真門所在地點的柊眾的後裔嗎？

柊子平靜地搖著頭說：

「臨死時，黑虫鑽進我體內，把我折磨得生不如死。智鋪企圖把我逼到絕境，讓我說出門在哪裡，所以……」

柊子的頭髮又有一束脫落，在地上啪啦啪啦散開。

「我把記憶變成了魂虫，讓魂虫逃到了夢殿。」

智鋪眾和菖蒲想逼柊子說出來也沒用，因為顯示門的地點的記憶，不在她體內了。

「我的魂虫在夢殿徘徊，總有一天會被祓戸大神③祓除，灰飛煙滅。隱藏門的使命，也會就此結束。」

淡淡的語調突然大大顫抖起來。

「我一開始就該這麼做了……」
柊子用衣袖擦乾淚水，轉向了風音。
「我會收拾殘局，請妳回去吧。」
女人的右眼閃爍著堅決的光芒。
「妳打算怎麼收拾殘局？」
本身就是死亡汙穢的柊子，已經沒有能力掃蕩黑虫。
用來捕捉風音的朽木結界，恐怕也很難鎖住包圍宅院的所有黑虫。
柊子露出沉靜的微笑。
「那些黑虫是追逐著我體內的魂虫。陰中之陽會綻放更強烈的光芒，所以它們會循著光芒找到我。」
黑虫為什麼會經常圍繞著柊子，風音總算知道原因了。
柊子的目光落在風音的脖子上。
「我幫妳止血了，但沒有力氣幫妳治療，對不起。」
為了彌補，她從唐櫃拿出一件小袖，遞給風音。
因為風音的衣服沾滿了血，所以她叫風音披上小袖，遮掩血跡。
「雖然妳可能不想穿我的衣服……」
柊子支支吾吾地說，風音對她搖搖頭表示不會。

她拿給風音的是藍染的小袖。藍染可以驅虫。
雖然不是新衣，但是看得出來，以前穿的時候，非常細心保養。
風音一穿上藍色衣服，就被鬆軟的包覆感籠罩了。
柊子把柊的活枝插在風音的腰帶裡。
「這樣黑虫就暫時看不見妳了，希望妳能平安無事。」
然後，柊眾的後裔含著淚，帶著微笑說：
「請轉告昌浩，讓他背負了榊的使命，對不起。」
「我知道了。」
答應深深低下頭的女人後，風音穿越結界，走出了宅院。
感覺風音逐漸遠去，柊子放心地鬆了一口氣。
「幸虧來得及，太好了……」
身體一動，左肩就碎裂了，手臂也掉下來了，連外型都保不住了。
靠爬行爬向文重遺體的柊子，把手伸向柊的枯枝。
「火之物……歸於火……燃起之物……歸於……火焰……」
強撐著斷斷續續唸出咒文，手上的枯枝就燒起來了。
她已經沒有力氣扯開喉嚨了。
響起什麼東西從脖子剝落下來的聲音。不用看也知道，是肉崩垮了。

靠智鋪眾復活的這個身體，在很早以前就腐朽了。能夠保住右半身，是因為有文重的魂虫。

然而，使柊子可以是柊子的魂虫，在文重死去的同時失去了光輝，已經崩壞消失了。

是柊子本身最後的力量，讓她撐到現在。

「火內……之物啊……請速速……聽從……吾意……」

咒文的語尾被燃燒的火焰吞噬了。

從柊子手中滑落的柊枝，瞬間燃成了灰燼。熾烈的火焰漩渦燒光房間，逐漸往外蔓延。

柊子的身體緩緩傾倒。

她的形體在火焰中瓦解，長髮瞬間燒毀，只剩衣服飄落在文重的遺體上。

火又延燒到衣服，橙色火光覆蓋了周遭。

沒多久，男人的遺體就被火焰吞噬火化了。

好不容易穿越黑虫逃出宅院的風音，腳步踉蹌，差點跌倒。

幸好有隻手伸出來，抓住了她的肩膀。

「誰……」

頭暈眼花的風音抬起頭，看到十二神將勾陣的臉。

「勾陣……」

不覺中，橙色火光已經照亮了周遭一帶，連勾陣都被染成了橙色。

轉過身去的風音，看到從文重的宅院噴出來的火，張大了眼睛。

柊子說她會收拾殘局。

火能淨化。火會吞噬一切，燒光所有東西。

柊子拒絕把他們的遺體等其他一切交給智鋪眾。

被火燒到的黑虫們，瞬間四處逃散。十二神將騰蛇的火焰已經證實，那些黑虫被火吞噬就會消失。

勾陣攙扶著站不穩的風音，問她：

「那個傷是怎麼回事？」

風音猛然把手伸向了脖子。傷口本身已經癒合了，但乾掉的血還黏在皮膚上。藏在藍染的小袖裡的衣服也吸了血，乾掉後變成了血漬。

「到底發生了什麼事……」

勾陣看著熊熊燃燒的火焰，風音對她說：

「勾陣，請妳協助我。」

「什麼？」

風音指著從火焰逃走的黑虫，對困惑的勾陣說：
「讓它們逃走，又會去攻擊其他人。」
黑虫追的是柊子，但並不會因為獵物消失，它們就跟著消失。
它們只要躲在京城某處，那裡就會凝聚陰氣。
現在的京城正逐漸傾向陰，所以絕不能放任它們不管。
「必須盡可能現在就收拾它們。」
瞪著大群黑虫的勾陣，忽地皺起了眉頭。
「妳是說有黑虫在，京城又會出事，使陰氣暴漲？」
這片大地被汙穢浸染，人心傾向了陰的一方。
有人病倒了，有人的思考偏差了，給周遭人帶來了恐懼與不安。這也是陰的一方更加擴大的原因之一。
疾病最後會招來死亡，而死亡是最令人忌諱的汙穢。
黑虫是出現在死亡周邊的陰氣的實體。這片土地已經偏向了陰的一方，再加上黑虫的陰氣，沒多久就會陰到極致。
「若因為黑虫，陰的一方不斷擴大，陰到了極致……哪天就會轉為陽嗎？」
「應該會吧？」
風音詫異地回答勾陣突然的發問。鬥將一點紅的臉，泛起了厲色。

「那麼，若是陰到極致，黑虫會怎麼樣？會因為轉陽而消失嗎？」
「我想應該會吧……」
風音結巴地說。
據猜測可能會那樣，可是實際上，在人界應該不會陰到極致。
「我不知道實際會怎麼樣，但根據判斷，黑虫應該會消失。不過，那又怎麼樣呢？」
勾陣顯得有些遲疑。
「該怎麼說呢……我在想，尸櫻界的邪念，是不是就是人界的黑虫呢？」
「哦。」
風音終於理解她在說什麼，點了點頭。
在尸櫻界，昌浩趁由陰轉陽的瞬間，利用「死逆轉為生」時產生的龐大力量，將時間倒轉，保住了晴明的性命。
勾陣似乎是在暗示這件事。
沒錯，若是陰到極致，什麼都不做，黑虫也會消失。
只要忍到那時候，或許就可以靠後來轉陽的力量，解決現在京城發生的所有壞事。
但是，尸櫻世界與這個人界，有根本上的差異。

「那世界是連一個活人都不剩，才會陰到極致啊。」

晴明、神將們、昌浩，對那個世界來說都是異物。那個世界的居民都死了，所以櫻花的汙穢充斥彌漫，陰到了極致。

反過來說，只要有一個人活著，就會成為陰到極致的阻礙。

「這裡或許不會像屍櫻界那麼嚴重，但是，陰擴大，人心就會歪斜。歪斜的心會牽連周遭人，最後走向滅亡。」

聽到風音那麼說，勾陣忽地眨了眨眼睛。

「歪斜的心會牽連周遭人，最後走向滅亡……？」

不知道為什麼，這句話重重刺進了勾陣的胸口。

同時，被件宣告預言而走上岔路的人的面孔，很快閃過勾陣腦海。

沒錯，他們都因為件的預言，牽連周遭的人，播下滅亡的種子。

全都是因為件的預言。

「總之，我要把黑虫……」

風音結起了手印，勾陣突然對她說：

「那麼，件呢？」

風音瞥勾陣一眼，以嚴峻的目光回問：

「妳說什麼？」

「我說件。屍可以說是因為件的預言，犯下罪行，牽連了周遭人，最後滅亡了。」

而且，件還在勾陣他們面前出現過好幾次，宣告了預言，所有人都被逼入絕境，身心俱疲。

「件宣告預言，似乎是為了讓那個世界傾向陰……」

喃喃低語的聲音中斷了。

勾陣也對自己無意識中說出來的話感到吃驚。

件的預言總是會攪亂人心。它的預言一定會靈驗。被宣告預言的人，不管怎麼抗拒，有一天遭逢預言中的現實時，就會明白這件事。

預言真的會靈驗。

但真的是這樣嗎？是不是哪裡出了問題呢？

勾陣的本能第一次覺得哪裡不對。或許就是因為發生過太多種現象，親眼見到那些現象的詭異，才會感覺哪裡不對。

現在回想起來，件的每個預言似乎都是在鋪路，讓所有一切符合智鋪眾的意圖。

那麼，那真的是預言嗎？

件的預言一定會靈驗。但是，若不是一定會靈驗，而是被迫往那樣的未來前

進呢？

若是這樣，那麼，因為件的預言而毀滅的人，都只是走上智鋪眾鋪設的道路而已。

那麼，是為了什麼？

假如這個想法是對的，那麼，智鋪眾的目的只有一個。

那就是門。為了打開黃泉之門，他們從幾十年前就在暗中活動了。

「……！」

風音明白勾陣話中的意思，也驚訝地屏住了氣息。

勾陣的一番話，讓她想起了完全不同方向的可能性。

「等等……那麼，件真的只是一般的妖怪嗎？」

聽到這樣的低喃，勾陣向風音拋出了疑惑的眼神。風音按著太陽穴一帶，思緒轉個不停，不知道該麼表達。

「不，沒錯，件是妖怪。我也一直認為件就是妖怪，可是……」

那是因為失去記憶，跟著智鋪宗主的時候，被灌輸了那樣的思想。

自稱為智鋪宗主的男人，擁有榎岦齋的所有技術和知識。不僅這樣，對黃泉和禍神也十分了解，令人驚嘆。

所以風音深信不疑，件就是宣告預言的妖怪。

如果根本上這就是個錯誤呢？

那並不是什麼預言——

風音突然有種被雷擊中的感覺。

「話語是言靈……」

喃喃低語的風音，臉上失去血色，一片蒼白。

有力量的話語，是束縛靈魂的言靈。

「預言……不是預言……」

安倍晴明經常掛在嘴上的話語，在耳邊響起。

——名字是最短的咒語。

「無論如何都會走向被指示的未來，是被稱為預言的咒語……?!」

榎岦齋的面孔在風音腦海裡浮現又消失。

這個榊眾的男人，試圖戰勝預言，卻被預言吞噬而亡，如預言結束了一生。

其實，他並不是如預言般死亡，而是被名為預言的咒語困住，被咒語殺了。

真相就是這樣嗎？

「連件的預言都被設計進去了嗎?!」

風音也不寒而慄。

倘若，認為是事實的事，其實是假的。

那麼，以此為前提來思考事情，也得不到正確的答案。

不可能戰勝件的預言。只要聽見了，預言就會困住心靈。不管如何否決，件宣告預言的事實，都會困住心靈。

所以，要在件宣告預言之前，先封住件的嘴巴，這是唯一不會被預言困住的方法。

智鋪宗主就是這樣教導風音。

宗主把風音留在身邊是為了利用她。但是對風音的教導，全都是正確的。這件事在她恢復記憶，變回真正的自己後，得到了驗證。

要戰勝件的預言，就要先封住預言。

就某方面來說，這是對的。但假設預言是咒語，就有其他更好的應對方法。

說到咒語，就是陰陽師的領域了。如果是咒語，多的是破解的方法。

然而，那種話語被稱為預言。相傳預言一定會靈驗，這是絕對的事。

既然都說預言一定會靈驗，被稱為預言的咒語才會演變成那樣。

「那麼，件是……」

勾陣在那個尸櫻世界見過好幾次宣告預言的件。件的預言沒有一次不靈驗。已經演變成那樣了。

「會宣告預言的件是什麼……?!」

件會宣告預言——配合智鋪眾的意圖，宣告預言、宣告名為預言的咒語。

「那是……」

風音說到一半，驚愕地張大了眼睛。

「——！」

勾陣也察覺了。

跟隨智鋪眾的件，如果不是一般的妖怪，而是會照智鋪眾的意思，宣告名為預言的咒語來妖惑人心，那麼，那就是……

她們兩人都很熟悉這樣的妖怪。

就像跟隨昌浩的妖車。

「……是式！」

件是智鋪眾的式。

這麼一想，所有事就都說得通了。

「所以……！」

所以件才會宣告預言。宣告一定靈驗的預言，替許多人鋪下滅亡的道路。

勾陣想起被件宣告預言的人們。

榎岦齋。小野時守。尸櫻世界的屍。藤原敏次。

這些人都有能力阻撓智鋪眾的意圖。

那麼，說不定還有其他被宣告預言的人，只是勾陣不知道而已。

勾陣的背脊掠過一陣寒意。她的主人應該還沒察覺這件事。

「我必須去向晴明報告……」

風音對掩不住震驚的勾陣點點頭，轉移了視線。

「在那之前……要先掃蕩黑虫。」

包圍文重的宅院直衝天際的火焰，開始慢慢變小了。

飛散各處的黑虫，在火勢減弱的同時，又有再度聚集的趨勢，風音重新結起了手印。

「光靠現在的我力量不夠，妳要幫我。」

風音沒等勾陣默然點頭，就高高舉起了刀印。刀尖出現陽氣之球，綻放耀眼的光芒。

眼尖的黑虫發現陽氣光芒，嘩地撲了過來。

確定散佈四處的黑虫都飛過來了，風音就用刀印的刀尖，很快地畫出了四縱五橫印。

畫出來的無數竹籠眼，化為封鎖大群黑虫的虫籠。

然而，由靈力畫出來的線編織而成的虫籠力量不夠，各處都快消失了。

瞬間，從勾陣全身升起了神氣。風音畫出來的虫籠的破洞，很快就被勾陣的神氣堵住了。

被抓住的黑虫暴跳如雷，試圖衝撞靈力薄弱的地方。

「唔……」

忽然一陣暈眩，勾陣的腳步踉蹌了一下。她有過這種神氣被毫不留情地吸走的感覺。

神氣再繼續這樣無止無境地被消耗，就會像騰蛇那樣完全失去意識。

「風音，還沒結束嗎?!」

風音也已經撐到了極限。

血液大量不足。失去多少血液就失去了多少生氣，風音幾乎接近死亡了。

她知道再強撐下去會更縮短性命，但她答應過昌浩。

這樣還不夠，還不足以彌補當時的罪行。這種程度，還遠不如她帶給昌浩和騰蛇的絕望。

「謹請神明……」風音使出僅剩的力氣大叫：「速速毀滅邪惡之物！」

高高舉起的刀印，伴隨著咒文被揮了出去。

關著黑虫的虫籠，連同在裡面鑽動的幾千隻黑虫的拍翅聲，一起被炸碎了。

靈力的殘渣綻放著燦爛的光芒如雪花般飄落，在那裡面的勾陣忍不住單腳跪了下來。

身體如鉛塊般沉重，不聽使喚，強烈的睡意又湧了上來。

不能在這種地方倒下。

使盡力氣站起來的勾陣，把肩膀借給力量用罄而奄奄一息的風音，然後努力讓身體動起來，走向了安倍家。

小怪的陰陽講座

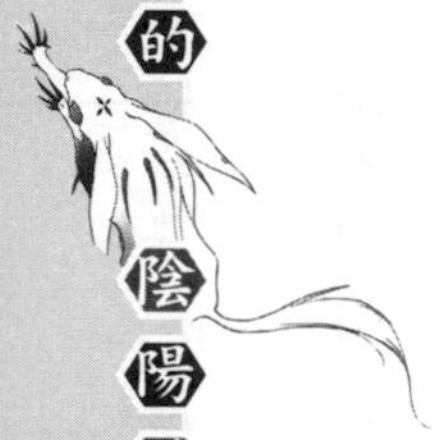

③祓戶是進行祓除儀式的場所，祓戶大神是該場所祭祀的大神。

6

件的預言一定會靈驗。

不記得這是什麼時候聽誰說的。

但是，件的預言一定會靈驗。

這是無法撼動的事實。

這個事實宛如咒縛，在他心底深處扎了根。

他曾想戰勝一定會靈驗的預言給大家看。

現在才知道，原來連那個想法，都深陷在咒語那無法自拔的陷阱內。

豈齋在夢殿的盡頭，拚命閃躲黑虫的襲擊，終於抓到了柊子的魂虫。

數不清的黑虫的拍翅聲在耳朵附近來來去去，如黑點般的虫企圖咬住他裸露的皮膚，被他揮走了。

「哼，沒完沒了！」

豈齋一隻手抓著魂虫，一隻手結刀印，築起了小小的結界。

趁隙鑽進結界裡面的黑虫，企圖攻擊白色的魂虫。豈齋一發現，馬上揮出了

刀印。
「裂破！」
像黑點一樣的小虫被炸飛成兩半。
把鑽進來的黑虫統統殲滅後，岦齋暫時停止了攻擊。
「呼。」
被黑虫咬到的臉頰破了一個洞，驅趕黑虫的那隻手，手掌、手臂也都受了傷。
低頭一看，身上的黑色衣服到處都裂開了。
「好痛。」
岦齋是死人，所以被黑虫咬不會流血，但還是會痛。
臨時佈設的結界撐不了多久，他必須離開這個地方，把魂虫帶到遠離汙穢的地方。
這是柊的後裔臨終前放出來的魂虫，必然有什麼意義。
包圍結界的黑虫，數量不斷增加。這個地方吹的風召來了汙穢，使陰氣越來越濃了。
岦齋以前來過這裡。那時候，是跟安倍昌浩一起追逐抬棺木的黃泉送葬行列。
黑虫的包圍只有一個方位比較薄弱，是想把岦齋誘往那裡。
那是逆風方向。往那裡前進，會越來越接近黃泉。

夢殿的盡頭，是黃泉與夢殿之間的狹縫。那裡太過接近黃泉，道路隨時都可能開啟。

「有這麼多黑虫，一定是哪裡有破洞……」

要不然，無法說明汙穢為什麼會沉滯到這種地步。

岦齋使用法術把魂虫變成小小的勾玉，收進了懷裡。柔軟的魂虫若是維持原樣，受到撞擊時很難不被壓扁。

怕到處跑來跑去會弄掉，岦齋用靈力的線把勾玉縫在單衣的領子上，從衣服上面砰地拍了拍勾玉。

「好了，沒問題了。」

然後，岦齋很快環視周遭一圈。

有多到數不清的黑虫貼在結界上，發出陰森的拍翅聲。

拍翅聲層層交疊所形成的重低音傳入耳裡，刺激著神經。

岦齋甩甩頭。這裡是夢殿。陰氣的實體會從盡頭的盡頭，召來更深的陰氣。

盡頭是夢殿與黃泉之間的狹縫。魂虫彷彿是在什麼的引導下，誤入了這個盡頭。

「不，不對。」

不是誤入，是在黃泉之風的引導下，被誘來了這裡。應該這麼想才對。

這些黑虫被放進這裡，應該是為了追捕被誘來的魂虫。

「也就是說……」

岦齋從聚集在結界的黑虫之間的縫隙觀察周遭狀況，隱約看到白色衣服般的東西，嚇得全身緊繃起來。

「什麼東西……」

匆匆一瞥的東西好像在哪見過。

胸口狂跳起來。他的身體已經沒有血液流通，那種感覺卻像活著的時候。

好幾層的拍翅聲如鳴叫般，敲打著耳朵。

岦齋看到成群的黑虫前面，有個白色人影。

胸口又狂跳起來。

大群黑虫的中間，佇立著不該在這裡的人。

岦齋呆呆地嘟囔：

「怎麼可能……」

那個人像是聽到了那聲嘟囔，抹上胭脂的紅色嘴唇緩緩張開了。

「岦齋大人……」

在無數拍翅聲的重低音裡，幾乎被掩蓋的聲音，不知道為什麼清晰地傳到了岦齋的耳裡。

岦齋的肩膀顫動起來。

這是陷阱。太清楚了。敵人是故意打擊他最脆弱的地方。再明顯不過了，會被魅惑才奇怪。

理性都這樣跳出來了，感情卻劇烈波動。

「女……」

豈齋用力扯開喉嚨叫喚。

「女巫大人……」

她不可能出現在這種夢殿的盡頭，不可能出現在夢殿與黃泉之間的狹縫，怎麼想都是幻影。

道反女巫靜靜地佇立在飛來飛去的黑虫裡，溫柔地微笑著。

豈齋不由得閉上了眼睛。

明知不可能，目光卻還是會被吸引。

將近六十年前的記憶，如走馬燈閃過腦海。

站在水邊傲然合抱雙臂的冥府官吏，迅速移動了視線。

汙穢更濃密了。

「路被打通了嗎……」

冥官低聲嘟囔，打從心底感到煩躁，蹙起眉頭，帥氣地轉身離去。

◇　◇　◇

他決定不交好朋友。

同樣地，也放棄與任何人交心。

為了排除北極星蒙上陰影的因素，必須打倒下詛咒的人。當時晴明收到神諭，前往西國處理這件事。岦齋會跟去，是有原因的。

那時候，他總是作惡夢，但醒來就不記得了，每天都是這樣。

為了查出那代表什麼，他信手做了占卜。

結果顯示，件的預言、那個一度被顛覆的預言，又降臨在自己身上了。

岦齋的心強烈動搖了。

他一直相信自己戰勝了件的預言，但苦無確鑿的證據，所以不斷在心底深處追求已經逃離預言的信心。

得到信心後，他就要解除至今以來課以自己的兩個戒律。

一個是交好朋友。

一個是與人交心。

他知道這兩件事都不容易做到，尤其是第二件，要靠機緣。那是沒有上天的協助，就不可能實現的願望。
他占卜該如何逃開預言，結果顯示要前往西國。
因為那裡發生的壞事與岦齋本身也有很大的關係。
他對晴明說希望自己多少可以幫上一點忙，這句話絲毫不假，但其實原因不只這樣。
跟晴明一起離開京城，前往西國的途中非常愉快。雖然跟晴明、神將們一直在趕路，但共同度過的日子真的、真的很愉快。
然而，隨著越來越接近西國，岦齋的心情就經常沒來由地往下沉。
每天晚上都作惡夢。在夢裡，都會與某人相會。
但是，他不認識那個人，從來沒見過。總覺得，那個人跟自己的命運有很大的關聯。
那到底是誰？究竟是什麼未來等著自己？預言會怎麼樣再度降臨？
越接近西國、出雲國，這個想法就越來越膨脹，在不知不覺中攪亂了岦齋的心。
就在這個時候，遇見了智鋪宮司。
他是個窮酸的老邁男人。穿著破破爛爛的衣服，頭髮斑白、蓬鬆凌亂，雜亂地紮了起來。
他說自己腳不方便，眼睛也因為生病幾乎看不見了，手上拄著枴杖。

智鋪宮司擁有驚人的知識，教會了兩人很多不知道的事。

但晴明說怎麼樣都對他沒好感，不想跟他有太多接觸。

岦齋對他不清不楚的來歷也抱持懷疑，但心想他這麼聰明、博學，說不定連件的事都知道。

晴明對宮司有戒心，甚至是打從心底討厭他，所以岦齋都會非常小心地瞞著晴明，找機會跟宮司交談。

宮司的聲音很低，聽起來有點像破嗓的呻吟聲，卻帶有某種力量，聽著聽著就會不可思議地被吸引。

就在這樣的日子裡，有一天，晴明和岦齋闖入了異境之地，在那裡遇見了一個美麗的女人。

就在發覺誤入了不是人界的地方時，晴明和岦齋立刻進入了備戰狀態。應該在附近的神將們的氣息全都消失了。他們被留在人界了。

通常陷入這種狀況，接下來就會被來歷不明的怪物或妖魔襲擊。

來這裡的一路上已經習慣這種事，所以兩人做好敵人從任何地方出來都能應付的準備，把殺氣放到最大極限，威嚇看不見的敵人。

這時候，出現了白色的身影。

因為纏繞著光芒，所以覺得是白色。

後來才發覺，就在目光被白色光芒吸引的同時，心也被奪走了。

被神聖莊嚴之美、非人間所有的透明感、稀薄的存在感迷倒了。

出現在兩人面前的人，在遙遠的過去的確是人類，後來成為神的妻子，也就是在漫長的歲月中一直守護著聖域的道反女巫。

她散發著人類不可能擁有的祥和、清新的氛圍。

岦齋已經看慣了容貌秀麗的十二神將，但她縈繞著與他們迥異的夢幻感，彷彿伸手碰觸就會消失。

既然是神的妻子，就不可能只有夢幻感，還會兼具柔軟的韌性，岦齋卻完全看不到那一面。

從白天到黑夜，滿腦子都是她的身影，強烈的愛慕之情使岦齋心煩意亂。

太過強烈的感情，甚至讓他覺得自己好像哪裡出了問題。

件的預言將會再次降臨在他的身上，他不能讓所愛的人被捲入這樣的命運，他不能待在她的身旁。

越是這麼想，越是不能離開她，難過到心如刀割。

這種事不能對晴明說。連日來，晴明都忙著追查貫穿黃泉瘴穴並下了詛咒的人，要殲滅這個人。

道反女巫好意留兩人住在聖域，對岦齋來說卻反而成為凌遲般的痛苦。

岦齋以協助晴明為由，盡可能逃到人界。但是，晚上還是要回到聖域，因為不回去的話，女巫會擔心。

他想回去，卻不能回去。煩惱得快要窒息的他就在這時候，又遇見了智鋪宮司。

宮司看出岦齋正為不道德的相思所苦，為他目前的處境感到憂心。岦齋忍不住把埋藏在心底的情感，全都吐露出來了。

智鋪宮司不時地點著頭，感同身受般傾聽岦齋訴說自己有多痛苦。

這時候，岦齋不知道為什麼覺得，只有這個男人了解自己的心情。

他覺得這種事晴明做不來，因為晴明不是他的朋友。都是他一廂情願地說他們是好朋友，晴明絲毫沒有那種意思。

其實，那也是因為岦齋自己向來是一副不需要朋友的樣子，但是，不知道為什麼，那時候他就是很氣晴明，憤怒到幾乎是憎恨。

智鋪宮司又情詞懇切地說，晴明是多麼可惡的男人、岦齋有多可憐。

宮司的話深深沁入了岦齋的心扉。

以前刻意不去面對的「自己是孤獨」的事實，如狂瀾般湧現，停不下來。

為什麼自己、唯獨自己，會遭遇這種事呢？為什麼自己會被件宣告預言呢？

明明可以是任何人，卻在命運的捉弄下，件偏偏對自己宣告了預言。

連半人半妖的安倍晴明，都沒有岦齋這麼不幸。

那時候的豈齋，強烈嫉妒、憎恨這世上的所有人，尤其是晴明。

豈齋慢慢對其他人產生了負面的情感。

不，是在不知不覺中，被智鋪宮司培育出了負面情感。

然而，當時的豈齋深信不疑，那都是自己的意志。

從那時候，他開始能清楚記得夢境。

在夢裡，道反女巫淚流滿面。女巫雙手掩面，悲傷哀切地哭訴著。

我想離開這裡。經過漫長、漫長的歲月，我都在這裡盡我的職責，但我再也受不了了。可是，我沒辦法靠自己的力量離開。

只要道反大神在、千引磐石在，我就不能離開這裡。

沒有人可以把我從神的手中搶走。只有統治大地、擁有上天的那種人，才有可能把我搶走。

起初，他想即使是在夢裡也不可能做得到。但是，接連幾天都作這樣的夢，女巫的語氣也越來越激烈。

有一天，宮司在他耳邊呢喃細語。

——只要取得與神匹敵的地位，成為地上之王，女巫就有可能喜歡上你。

夢過的好幾次女巫悲嘆的模樣，浮現腦海。

真的是那樣嗎？怎麼可能？不，可是，也說不定她是透過夢，把暗藏在心裡的

秘密傳達給了我。

岦齋呆呆地這麼說，宮司點頭應和他。

——女巫一直想逃離那個地方、想逃離那個職責……跟你一樣。

跟自己一樣。

這句話成為歪斜的楔子，敲入了岦齋的心。

我已經受夠了。我要逃離這種命運、逃離預言、逃離孤獨、逃離一切。

岦齋一直在心底深處這麼想。

宮司又在茫然的岦齋耳邊不斷重複同樣的話。

女巫跟你一樣。她感覺到你的心情，所以向有同樣境遇的你求救。你們有同樣的心情。女巫心中的想法，跟你心中的想法一致——

宮司陰森森的聲音逐漸綁住了岦齋的心。

岦齋低聲嘟囔。

——這樣啊……原來是這樣啊……

那麼，必須成為大王，把女巫從那個殘暴的神手中救出來才行。

這麼說的岦齋，眼睛熠熠閃爍著異於常人的光芒。

宮司達到目的，陰險地嗤笑著，但岦齋沒有發現。

於是，岦齋徹底偏離了正道。

在地獄業火的包圍下，被發出不知所云的怒吼的十二神將騰蛇的淒厲眼神射穿時，他才恢復正常。

回過神時，神將的爪子已經貫穿他的心臟，把他的心臟挖出來了。

不可思議的是，沒有任何痛楚，有的只是為什麼會變成這樣的疑惑。

鮮紅的火焰與純白的雪成對比，看起來美極了。

血從胸口噴出來，慢慢往後仰倒的岦齋，腦中響起自己某天對晴明說的話。

——我說，晴明啊，在很久以後，我會在兒女、孫子的包圍下死去，死前我會告訴他們，我竭盡所能地過完了一生，想做的事都做到了。

所以，晴明，你也要被很多的孩子、孫子包圍，選擇可以向人炫耀的生存方式，度過令人羨慕的幸福人生。

然後，等哪天生命結束的日子到來，渡過河川去了冥府，我們再來比較誰比較幸福。

那時候，晴明是怎麼回答的呢？

——還很久呢。

他木然地這麼回答。

唉，當時的自己多麼愚蠢啊。

——我有自信絕對不會輸。你看著吧，我會活得像怪物那麼長。

他心想絕對不交什麼好朋友，卻沒發覺，自己的心早就那麼做了。

直到死前，都沒發覺，死後也沒有。

他理所當然地描繪未來、訴說未來，從來沒想過會被對方拒絕，也相信對方的回應，沒有懷疑過。

這樣不是好朋友，是什麼呢？

他們有過約定。

生命將會在某天結束。這是世上的哲理。

但是，絕對不是現在。

然而。

為什麼——

這時候，思緒被令人恐懼的黑暗吞噬，戛然中斷了。

◇　◇　◇

沉沉的拍翅聲在耳朵附近飛來飛去，岦齋彎下腰跌倒了。

大群黑虫嘩地聚過來，被他全力施行的退魔術擋回去了。

「禁！」

快速畫完的五芒星化為保護牆，把黑虫向四處彈飛出去。

岦齋跳起來，一面重整旗鼓，一面甩頭。

「我要集中精神啊！」

黑虫後面有個人，模樣像是道反女巫。那是為了動搖岦齋的心志，故意裝成那個樣子。

這種事怎麼可能不知道呢，再膚淺也該有個限度。

「不要被那種東西吸引，嚴重動搖心志嘛，真是的……」

岦齋浮現自覺窩囊而半哭泣般的自嘲笑容。

當時。

眼睛一張開，就看到眼前站著一個特別高大的男人。

這個男人傲然地俯視岦齋，用無情的冷漠聲音說：

——你記得自己做了什麼嗎？

岦齋聽不懂他在問什麼。

茫然環視周遭後，岦齋雖然不知道原因，但猜測自己可能是在什麼時候被押送到這個可怕的男人面前。

但是，他不知道這是哪裡，也完全想不透為什麼會這樣。

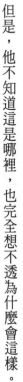

聽說自己已經死了，他又是一陣混亂。

就在他自顧自地陷入混亂時，那個可怕的男人面無表情地猛然抓起他的衣領，拖著他往前走，不容分說就把他丟進了邊界的河川裡，周圍的獄卒都來不及阻止。那之後，所有事都鮮明地記起來了。現在回想起來，心都還好痛。

他記得自己做了什麼事，以及因此發生了什麼事。

曾經很珍惜的男性好友，被烙下了深刻的悲哀與絕望。自己很欣賞、也對自己不錯的神將們，也受到無法治癒的傷害。

更糟的是，道反女巫被自己的瘋狂行為牽連，和她的女兒一起失蹤了，守護妖們暴跳如雷。

「岦齋大人……」

聽見清澄美麗的呼喚聲，岦齋把思緒拉回到現實。現在不是悠閒地沉浸在往日情懷裡的時候。

裝成道反女巫模樣的那個人，在層層拍翅聲的包圍中，嫣然一笑。

「我好想你。」

從女巫的眼睛流下一行清淚。

看到她那個樣子，岦齋的心整個清醒了。

道反女巫不會說那種話，不會露出那種表情，當然也不會做出假惺惺地流淚這種狡猾的動作。
「就稱她為冒牌貨吧。」
岦齋在嘴裡唧唧咕咕，對自己點點頭。
冒牌貨婀娜多姿地把手舉到了胸前。
「岦齋大人，請到這邊來。」
在招手的冒牌貨的周圍，黑虫發出了更悶重的拍翅聲。
連腹部深處都被震響的低重音，讓人渾身不舒服。一直聽著這個聲音，就覺得好像連腦髓都快麻痺了。
「等等……」
岦齋驚覺不對，慌忙甩甩頭。
不是「好像」，是腦髓真的快麻痺了，精神越來越無法集中。
沒來由地覺得睏，什麼都無法思考，心被這個聲音捆綁了。
冒牌貨的說話聲又往上重疊，溜進了耳朵裡。
「有件事我必須向你道歉，岦齋大人。」
混雜在黑虫的拍翅聲中，帶著奇妙回音的聲音，震盪著耳膜。
「那時候我撒了謊。」
冒牌貨的聲音鑽入大腦深處，撼動腦髓，讓人頭暈目眩。岦齋覺得眼皮異常沉

重，膝蓋癱軟無力。

他雙膝著地，頭昏到整個世界都在旋轉。

「我的心明明是想跟你在一起啊……」

「不要……說了……」

他早就死了，卻感覺心臟在胸口怦怦狂跳。

宛如把黑虫當成披巾披在身上的冒牌貨，往前邁開步伐，慢慢走向緩緩搖著頭的岦齋。

長長拖在地上的衣服下襬，也停滿了密密麻麻的黑虫。她每前進一步，那些黑虫就嘩地飛起來，小到幾乎看不見的翅膀震盪空氣的聲音盤旋繚繞。

沉沉的拍翅聲、拖行下襬的衣服摩擦聲、冒牌貨的冷靜嗓音層層交疊，強行扭曲了岦齋拚命維持的理智。

強烈的睡意湧上來。

岦齋周圍也有幾千、幾萬隻黑虫飛來飛去。黑虫是陰氣的具體呈現。

在冥府官吏手下做事的岦齋，雖然是死人，陽氣還是比陰氣重。

因此，碰觸到陰氣，他的身體會發冷，生氣也會被汙穢奪走。他已經死了，但還有生氣。他自己也覺得很奇怪，但這是不爭的事實。

他用力握起拳頭，靠指甲嵌入手掌的疼痛來把持住自我。

不論何時，疼痛都是真實的。唯獨身心的疼痛永遠不會變，都是自己的。

「終於可以再見到你了，岦齋……」

伸過來的纖纖玉手，輕輕貼放在岦齋的胸口。岦齋抓住了她的手。

冒牌貨開心地微笑起來。

「岦齋大人。」

岦齋順勢把冒牌貨拉過來，把手伸向了她的脖子。

冒牌貨目瞪口呆。

岦齋邊使盡全力把不時會變得模糊的意識拉回來，邊低聲嘶吼：

「告訴妳一件事。」

在可以感覺到吐氣的距離內，岦齋瞪著冒牌貨。

「道反女巫浮現的微笑就像慈愛的化身，不是妳這種陰險的笑容。」

驚訝地注視著岦齋的冒牌貨，半晌後嗤嗤地獰笑起來。

「你說得好過分喔，枉費我這麼愛慕你。」

「住口，冒牌貨！」

岦齋要捏碎被他抓住的脖子，但冒牌貨的速度比他更快。

她以出乎意料之外的強大力氣把岦齋推開，猛然往後退。要追上去的岦齋，被大群圍過來的黑虫擋住了。

感覺生氣瞬間被佈滿全身的黑虫奪走，岦齋結起了手印。

「縛鬼伏邪，百鬼消除，急急如律令！」

啪唏一聲，虫子全飛散了。但只是飛散，並不會消失。

「啐，法術太弱了！」

他知道理由。因為這裡是夢殿的盡頭，是夢殿與黃泉之間的狹縫。

陰陽師的法術不只要靠自身的靈力，還要得到神回應這個法術的氣息，才能發揮效力。

人不能使用神全部的力量，只能向神借用符合自己資質的極小部分的力量。對神來說，那只是一個呼吸程度的力量。

當然，也要看神的等級。如果只是被供奉為神的器物之神，幾乎可以借用全部的力量。但是，如果是經過幾百年的神器，力量就非常強大了，人類很難運用自如。

所以陰陽師要磨亮心靈、磨亮技術。因為哪天若是黯淡了、鈍了，神馬上就會看透，從此不再回應。

「啊……」

岦齋想起一件事，猛然瞪大了眼睛。

搖搖晃晃站起來的岦齋，徒手驅散了群聚過來的黑虫。企圖黏在他衣服上的黑虫，不知道為什麼啪啦啪啦掉下來，消失不見了。

他穿的是冥府的衣服，可以驅散黑虫散發出來的陰氣。

「對喔，我穿在身上嘛。」

總是跟冥官穿同樣的黑色衣服，不只是為了耍帥。

冥府官吏有義務要糾正攪亂陰陽哲理的人、違反規律的人。

來冥府的人是死人，是陰氣的凝聚體。

即便是冥府的人，接觸到陰氣也會危及心靈。

這件黑衣是防護道具，可以不斷驅散死人散發出來的陰氣。

「糟糕、糟糕，居然忘了這件事。要是被他知道我不小心被奪走了生氣，一定會被罵到臭頭。」

他絕不會說出會被誰罵。夢殿會增強言靈的力量。說出口，就會把那個人叫來。

然後，那個人會說：「連這種小事都處理不了嗎？」不容分說就把他打倒。光是這樣也就罷了，但不可能只是這樣。

絕對不能讓那個人知道，儘管只是一時，自己曾為道反女巫的身影動搖了心志，還被敵人玩弄於掌心之上。

把黑虫披在身上的冒牌貨，興致勃勃地盯著一個人自言自語的岦齋。

「岦齋大人，看來你是不會跟我一起走了？」

「怎麼可能跟妳走，妳根本……」

岦齋閉上嘴巴不說了。

突然，他想通了一件事。

每天晚上作的夢，是有人刻意讓他作的惡夢。

那是智鋪宮司的詭計。讓岦齋的心靈變得脆弱，把他逼到絕境，等他的心被磨平，不知道該怎麼辦時，再讓他遇見女巫。

被磨平的心迷上了她的美貌，無可救藥地渴望她充滿包容力的溫暖。

那種渴望，恐怕與愛慕之情有本質上的差異。當時確實為她神魂顛倒，但現在知道了，那只是深切的憧憬。

因為那是自己再怎麼期盼也得不到的東西。知道得不到，才會瘋狂地執著。

在黑虫的拍翅聲沉沉震響中，岦齋把力氣注入了雙腳。

再不振奮起來，膝蓋就會癱軟無力，整個人倒下去。生氣被奪走的程度比想像中嚴重，必須趁還有力氣時逃離現場。

忽然，冒牌貨翻轉了手掌，朝上的掌心吸引了岦齋的目光。

「唔……」

他臉色發白，把手伸進懷裡，發現收在那裡的勾玉不見了。

「是剛才……！」

用柊子的魂虫變成的勾玉，躺在冒牌貨的掌心上。是冒牌貨趁他不注意時，割斷靈力的線，把勾玉抽走了。

「岦齋大人，你拿著這個東西也沒有用啊。」

冒牌貨奸笑著。瞬間，大群黑虫掩蓋了她的身影，又倏地散去了。白色塵埃跟著黑虫一起瓦解崩落。

岦齋瞠目而視。

率領黑虫的是個女人，把破爛的黑衣從頭上披下來。長及膝蓋的頭髮，被黑虫拍動翅膀所產生的陰風吹得飄然搖曳。

猛然屏住氣息的岦齋，覺得好像在哪見過這個女人。

從頭上披下來的衣服被陰風吹動，隱約露出了臉孔。

令人毛骨悚然的妖豔美貌，同樣令人著迷，但跟道反女巫的美又不一樣。

那不是岦齋欣賞的美，甚至挑起了他的厭惡感。美麗中潛藏著陰狠的毒素，是那種令人戰慄的美貌，彷彿一碰觸，靈魂就會被吸得精光，連殘渣都不剩。

女人緩緩張開了嘴巴。

「……一……」

「妳是……！」

這個聲音，還有這首歌。

「妳是黃泉送葬行列的帶路人！」

女人以恐怖的眼神微微一笑。

在掌心上的勾玉顫抖起來，輕輕張開了白色的翅膀。岦齋施行的法術被女人破解了。

「妳要把那東西怎麼樣？」

「你不必知道。」

美麗、恐怖的聲音，如歌唱般說著話。同時，大群黑虫發出了更劇烈的拍翅聲，撲了上來。

岦齋心想躲不過了，不由自主地舉起手臂阻擋，閉上了眼睛。

有陣風從旁邊吹過。

「咦……」

岦齋張開了眼睛。

拂過的低沉嗓音，刺穿了岦齋的耳朵。

——沒用的傢伙。

黑衣的狂風吹進了大群黑虫的正中央，銀白色的光芒閃過曾是送葬行列帶路人的女人的掌上。

女人縮回了手。刀尖劃過半空。就在黑虫包圍被留在原處的魂虫之前，黑衣的袖子便包住了白色翅膀。

豈齋感覺有銳利的眼神射穿眉間，慌忙結起了手印。

「萬魔拱服，急急如律令！」

擠出僅剩力量的法術，把群聚現場的黑虫統統炸飛了。

受到靈術暴風衝擊的女人，輕盈地蹬地而起。

白刃在她身後緊追不捨，但沒追上。

女人的身影漸漸融入了陰風裡。

瞬間，從遙遠的彼方傳來猖狂的哈哈大笑聲，穿梭在盡頭的黑暗裡，陰森森地震響著。

冥官甩掉纏繞在神劍上的陰氣，把劍收進劍鞘，兇巴巴地轉頭瞪著豈齋。

「對、對不起。」

男人沒回應。或許這時候他想對豈齋說的話，只有剛才那句吧。

躲在冥官袖子裡的魂虫，翩然飛了起來。開合的白色翅膀浮現的圖騰，是一張女人的臉。

閉著眼睛像是在睡覺的那張臉，突然顫抖起來。

翅膀的圖騰改變了。閉著的眼睛張開來，露出悲哀的眼眸。

女人瞥一眼豈齋和冥官，在他們頭上盤旋一圈，便忽地消失了，只留下點點光芒。

「跑去哪了……」

岦齋愣愣地嘟囔，冥官冷冷地拋給了他一句話。

「當然是去收拾殘局了，不然咧？」

「對不起。」

反射性地道歉的岦齋，輕輕嘆息。

那一定是她身為柊的後裔、身為榊的後裔的責任。

冥官轉過身去。

「該回去了。」

「是。」

腳步踉蹌差點跌倒的岦齋，努力撐住，緊跟在冥官後面。

7

黑暗中，捲起了靈爆的漩渦。

黑色水面波浪滾滾，激起浪花，波濤洶湧。

被靈力刀刃擊中的透明球的一個點破裂，轉眼形成龜裂，應聲碎裂了。

被關在裡面的無數魂虫全都飛起來了。

積滯在球底的血，啪吵一聲，傾瀉而下。遍體鱗傷的冰知倒在那裡。

「冰知！」

昌浩要衝過去時，菖蒲滑到他前面，張開雙手說：

「幹嘛把這種快壞掉的東西撿回去？你用不著吧？」

那張天真無邪的臉，看起來真的很好奇。

昌浩瞪著菖蒲說：

「是你們把他傷成了這樣吧？神祓眾的人在等冰知回去，所以我要帶他回菅生鄉。」

從菅生鄉出發時，年幼的時遠對昌浩說了一些話。

他說請一定要找到冰知，帶他一起回來。

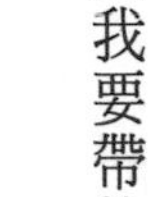

——我可以很流暢地唸出冰知教我的祭文了呢。

他說我要唸給冰知聽，唸得好的話，我要冰知稱讚我。

不只時遠，螢也很擔心冰知。

她說以冰知的能耐，一定是好好活著。但是可能陷入了沒辦法自己回來的狀況，所以請你協助他。

夕霧什麼都沒說，但從他的眼神可以看出來，他的想法跟螢一樣。

「大家都在等他，他也惠我良多，所以我要妳把他還給我。」

話還沒說完，昌浩就倏地縮短了與菖蒲之間的距離，菖蒲驚愕地張大了眼睛。

昌浩按住她的肩膀，抓住她的手扭到背後，再把她拽倒。

「唔！」

菖蒲發出短短的慘叫聲。昌浩沒有鬆手。她是替智鋪眾工作的榊的人，不知道會做出什麼事來，所以即便她是女人也不能留情。

太陰趁機救走了冰知。

「喂，振作點啊！」

這是太陰第一次見到冰知。

「冰知，聽得見我的聲音嗎？」

她在離菖蒲和昌浩稍遠的地方，讓冰知躺下來，搖他的肩膀，輕拍他的臉。

「唔……」

確定有微弱的呻吟聲，太陰才鬆了一口氣。

雖然體力嚴重透支、遍體鱗傷，但還有一絲氣息。

「沒事了……」

忽然，有個白色的東西飄過太陰的視野。

抬頭一看，是魂虫們的白色翅膀在很近的地方舞動。從球逃出來的魂虫們，正慢慢地往他們兩人聚集。

「為什麼……」

喃喃低語的太陰，聽見嘶啞虛弱的聲音說：

「是被……神……氣……」

「咦？」

垂下視線一看，冰知微微抬起眼皮的紅色眼睛正對著她。

「冰知，我是跟隨安倍晴明的十二神將，你認得我嗎？」

重複著淺而急促的痛苦呼吸的冰知，只能靠眼皮回應。

他當然認得太陰。雖然沒直接見過面，但神祓眾一直監視著安倍家。

太陰點點頭，抬起了臉。

「昌浩！冰知沒事！」

聽到太陰的叫聲，昌浩放開菖蒲，往後跳。

狂暴兇狠的黑虫大軍撲向了昌浩他們剛才所在的地方。發出沉沉的鳴響聲穿破地面的黑虫，霍地向四方散開，包圍了昌浩。

昌浩很快結起手印畫出五芒星。

被瞬間築起的結界彈飛出去的黑虫，響起猙獰吼叫聲般的激烈拍翅聲，又聚集起來企圖衝破保護牆。

昌浩的靈力漸漸被黑虫咬破了。

撐不久了。

「怎麼辦……」

昌浩很快環視周遭一圈。

看似無限延伸的黑暗，應該還是有盡頭。這個空間彌漫著陰氣。昌浩推測，這裡可能是為了藏球，特別做出來的場所。

「既然是做出來的空間，就能突破……」

只要製造一個裂縫，那裡就能成為突破口。

為了阻擋襲來的黑虫，太陰讓神氣的風不斷迴旋，包圍著魂虫和冰知。但是接觸這麼強的陰氣，就像神將們的神氣在尸櫻世界被汙穢的邪念連根拔除那樣，太陰的神氣也快枯竭了。

必須趕快想辦法。

「為什麼……？」

突然，有個聲音刺穿了昌浩的耳朵。

是菖蒲。昌浩不由得停下了動作。

不知道為什麼，昌浩對那個語氣感到疑惑。

那是真的想不通、透著悲哀的聲音。

菖蒲佇立在黑虫的後方。不知道為什麼，看起來就像個無依無靠的小孩。

長得很像柊子的女孩，表情扭曲地說：

「為什麼要阻撓我？」

「阻撓？我哪是……」

「姊姊是不是被你灌輸了什麼思想？」

「啊？」

突如其來的話，把昌浩嚇了一跳。

搞不清楚前後關係的昌浩，詫異地回看菖蒲。雙手緊握拳頭的她，懊惱地咬著嘴唇。

「姊姊向來是溫柔的姊姊、聰明的姊姊，各方面都很優秀，所以大家都喜歡姊姊，最疼愛姊姊。」

菖蒲如決堤般滔滔不絕地說了起來。

「向來、向來、向來都是這樣！為了要讓姊姊離開鄉里，我也一起被帶走了。都是因為姊姊，因為姊姊要被帶走。可是，我想跟爺爺、奶奶在一起啊，我想跟鄉里的人在一起啊！」

中間都沒斷過的菖蒲的吶喊，漸漸因淚水而顫動。

「媽媽也疼愛姊姊，因為她是柊的下任首領，所以只要她沒事就行了。媽媽開口閉口都是姊姊、姊姊，姊姊說的話她都會聽。可是，從來沒有人問我想要什麼！」

菖蒲像個鬧脾氣的孩子，又哭又叫。

「沒多久，姊姊就說不要我了。她說不要我了，叫我去別的地方。媽媽什麼話都沒說，爺爺和奶奶也沒有留我。因為姊姊叫我去其他地方，不要再回來了，所以大家就決定那麼做了。幾個可怕的人來接我走，我說我不要走，可是那些人不肯放開我。溫柔的姊姊流著淚，用非常非常溫柔的聲音說，可愛的菖蒲，每個地方都不要妳了！」

菖蒲慘叫般地吶喊，抱著頭蹲下來。

「姊姊和媽媽走了。那些可怕的人根本不想要我，只是不得不收留我。可是，最後還是不想要我，把我帶到了船上。雨下得好大，波浪好高，船搖得好厲害。我好害怕、好害怕，緊緊抓著船。可是，那些人笑著剝開了我的手，把我推進了海裡！」

菖蒲不停地叫喊。

「我被推落海裡……好害怕……好難過……！我想我死定了，就在這時候……」

忽然，她抬起頭，用閃爍著異樣光芒的眼睛注視著昌浩，露出開心到不行的表情笑了起來。

「……祭司大人救了我。」

起初，昌浩有點被嚇到，啞然失言，後來發覺她的話充滿矛盾。

不只充滿矛盾，也跟柊子說的柊眾的事不一樣。

柊子說鄉里的人接二連三發病，她的祖母、父親也都死了。於是，柊的首領，也就是她的祖父，命令女兒帶著孩子們離開鄉里，女兒就帶著兩個孩子下山了。那兩個孩子就是柊子和菖蒲。

不久後，一隻白色蝴蝶在母女三人前面出現，她們知道首領死了，柊的鄉里已經滅絕了。

柊子的母親在她十五歲時發病，從此與世長辭。柊子和妹妹兩人相依為命，努力生存。但是，她們兩個都還只是孩子，沒多久日子就過不下去了。有對沒小孩的夫妻想要小孩，就領養了妹妹。

菖蒲搖搖晃晃地站起來。

「若是沒有祭司大人，菖蒲已經死了。祭司大人對菖蒲很好，非常疼愛菖蒲，一直陪在菖蒲身旁，教會了菖蒲很多事。」

淚水已乾的眼眸，有陰影孀孀曳動。

「為什麼菖蒲非死不可？為什麼菖蒲會被迫跟喜歡的人們分開？祭司大人全都告訴菖蒲了。」

她散發出來的氛圍帶著汙穢，黑虫們歡欣地顫抖著，肆意地飛來飛去。

「全部、全部都是姊姊的錯，都是柊的錯。」

在黑虫的包圍中、拍翅聲的籠罩中，菖蒲閃耀著有些發狂的眼眸。

「柊犯了錯，所以一度滅亡了，大家都死了。死了就沒罪了，所以死了就得救了。可是，柊、楸、榎、椿到死都不知道，所以都做了不該做的事，更加重了罪行。」

菖蒲雙手抱住了自己的身體。

「菖蒲將成為榊的最後一人。這個最後一人要是為祭司大人效力，神就會饒恕榊犯下的所有罪行。」

當時祭司悲哀地說：

可憐的菖蒲，妳背負了榊眾所有的罪行，妳是罪行的替身。至今以來沒有人了解，妳有多難過、有多寂寞、有多痛苦、有多悲哀。

不，不是了解，他們都了解，只是視而不見。因為他們怕妳一旦察覺，就會逃離那裡。這麼一來，他們就要自己背負那些罪行。他們把所有責任都推給年幼的妳，推給可愛、坦率的妳，為了自己的和平與幸福犧牲了妳。
妳是為了背負罪行而誕生，妳是只為了這件事而誕生的活祭品。
但是，妳不可以怨恨。
有些事只有罪行的替身才做得到。妳能開拓道路。唯有妳，可以鋪設召喚神明的道路。
「祭司大人這麼說，緊緊擁抱菖蒲，不停地撫摸菖蒲的頭。每次菖蒲哭了，他都會這麼做，陪在菖蒲身旁，安慰菖蒲。」
可能是想起當時感受到的喜悅、滿足，菖蒲出神地微笑起來。
「如果繼續待在柊的鄉里，沒有被那些可怕的人收養、沒有掉進海裡，菖蒲就不會遇見祭司大人。這樣就永遠不會知道被他緊緊擁抱、被他安慰的感覺。」
成群的黑虫陰森地波動起伏，像是在反映菖蒲的心情。
「所以，菖蒲決定原諒姊姊。」
沉沉的拍翅聲交疊震響，從裡面穿出來的聲音，聽起來有些含糊不清，帶著撒嬌與纏人的嫵媚。
「因為姊姊說不要菖蒲，所以祭司大人告訴了菖蒲很多事。他說爺爺、奶奶、爸爸、媽媽、姊姊、鄉里的所有人，都只會對菖蒲說謊話。」
她繼續往下說，黑虫的數量就不斷增加。

「我統統原諒他們。」

菖蒲痴痴地看著纏繞全身的黑虫，又接續剛才的話。

「每原諒一次，就會有黑虫誕生。祭司大人對我說，這些翅膀是菖蒲的替身。菖蒲一個一個原諒他們，就能逐漸解除榊的罪。」

菖蒲伸出雙手，黑虫就喧躁起來。

「我會把罪紡成線呢，黑虫是從罪抽絲做成的繭生出來的。」

像一個小點的黑虫，纏繞在菖蒲的手腳、脖子的肌膚上，拍響著翅膀。被黑虫煽動的長髮，迎著翅膀拍出來的風飄揚搖曳。黑虫纏繞在上面，像是在裝飾她的長髮。

「所以，它們是黑色的，因為罪行的替身是黑暗的顏色。」

然後，她注視著幾乎覆蓋自己全身的大群黑虫，眼神陶醉，一副神魂顛倒的樣子。

「好美啊……跟祭司大人的眼睛同樣顏色……」

潛藏在她話裡的極度瘋狂，撫過昌浩的背脊，令他毛骨悚然。

菖蒲的聲音裡沒有絲毫的虛假，她相信祭司教她的所有一切都是真的。

不，恐怕不是相不相信這樣的層次。

對菖蒲來說，祭司的話就是全世界。跟她活著一樣，是不言自明的道理。

昌浩想起在智鋪宗主手下成為棋子時的風音。

宗主對什麼都不記得的風音，灌輸了虛假的記憶。宗主對她說，她的父親榎岦齋是被安倍晴明和十二神將殺死的。她無力對抗他們。在孤獨與悲嘆中，宗主說的話與宗主對她的溫柔，是她唯一的依靠。

菖蒲也一樣。墜海後死裡逃生的她，以前相信的事都被推翻了，甚至說不定沒花多少時間。從海裡被撈起來時，她應該是陷入了生死之間的狹縫。要抓住在現世與幽世之間昏昏沉沉的心，再抹上虛假的記憶，以智鋪眾的力量，不，以九流族後裔的力量，絕非難事。

智鋪取得柊子之外的唯一一個柊的孩子，也就是榊眾的後裔，利用了她血脈中擁有的力量。

把她的孤獨置換成憎恨、把她的悲哀置換成怨懟、把她對骨肉的情感置換成對祭司的傾慕，用汙穢填滿她的心，讓她成為不斷生出黑虫的陰氣的替身。

說不定對智鋪眾來說，這個替身是柊子或菖蒲都無所謂。只不過菖蒲搭乘的船正好翻覆，沉入了海裡。智鋪祭司便趁機伸出援手，讓菖蒲對自己產生傾慕之情。

榊眾是傳承強大靈力的一族。具有完成重要使命的必要能力。只要把那股力量轉化成陰，就可以像現在這樣使用。

多麼狡猾、周延啊。在這件事上，智鋪也花好幾年的時間，鋪下了道路。

聽到琉璃碎裂般的聲響，昌浩才猛然回過神來。在自己周邊佈下的保護牆被削弱，出現了龜裂。

轉頭一看，太陰放出來的風的漩渦大大縮小了。氣流層變薄，薄到黑虫的翅膀隨時會碰觸到太陰和冰知。

把視線拉回到菖蒲身上，就看見她盈盈笑著。

「糟了……！」

發現她剛才是在爭取時間時，圍繞昌浩的保護牆已經碎裂了。

就在黑虫聚集起來撲向昌浩的同時，菖蒲也滑進了攻擊昌浩的距離內。

她手上拿著看似削木做成的短刀，刀尖沾著紅黑色的東西，閃閃發亮。

察覺是冰知所流的血時，刀尖已經逼近昌浩的喉頭。

菖蒲在嘴巴裡唸唸有詞。

「朽木、朽氣、虫之餌。」

黑虫像是在呼應她的話，爬滿刀尖，翅膀密密麻麻地覆蓋了刀尖。

血是汙穢。黑虫是陰氣。直接注入體內，就沒有辦法袚除。

「唔……」

正要施行靈術的瞬間，突然有對白色翅膀出現在昌浩眼前。

大大張開的白色翅膀上，浮現一張與菖蒲一模一樣的臉。

菖蒲瞪大了眼睛。

「姊姊……?!」

菖蒲立刻縮回刀子，目不轉睛地盯著白色魂虫。

「姊姊，為什麼……」

菖蒲低喃的嗓音聽起來真的很困惑。

「菖蒲希望最喜歡的姊姊可以活著啊。」

菖蒲的眼睛淚光閃閃。

昌浩趁隙蹬地躍起，與菖蒲和黑虫拉開距離。

魂虫翩翩飛舞，浮現在翅膀上的閉著的眼睛緩緩張開，昌浩與那雙眼睛對了個正著。

看到似乎有些悲傷的眼神，昌浩頓時明白了。

柊子已經不在了。她結束了靠文重的魂虫延續下來的短暫生命。

明明把她交給了風音，怎麼會這樣呢？昌浩不懂為什麼。但是，他確定柊子已經不在人世了。感嘆「沒有她就沒有活下去的意義」的文重，想必也已經不在了。

昌浩也擔心風音的安危，但現在最重要的是眼前的魂虫。

無數的黑虫向柊子的魂虫聚集。

「啊，姊姊。」

菖蒲的語氣忽然歡欣地震顫起來。

「妳來是為了我吧？姊姊。妳這次來，就是為了告訴我們在哪裡……」

魂虫張合著翅膀，像是在回應菖蒲。

「祭司大人一定會很開心，姊姊，跟我一起……」

忽然，菖蒲伸向魂虫的手停下來了。

黑虫一陣喧躁，突然飛離了魂虫。

白色光芒膨脹起來，強烈迸射，刺向了昌浩他們的眼睛。

不由得閉上眼睛的昌浩，舉手阻擋。張開眼睛，看到微白透明的柊子，佇立在照亮黑暗的光芒裡。

纏繞著柊子的靈力十分微弱，這樣下去恐怕很快就會灰飛煙滅了。

菖蒲歪著頭說：

「可是……姊姊，妳為什麼不喝那個女人的血呢？枉費祭司大人告訴了我們這件事。我還以為，姊夫一定會為姊姊殺死那個女人呢……」

聽見疑惑的菖蒲以天真嗓音說出來的話，昌浩嚇得臉色發白。

她說的那個女人是誰？一定會殺了那個女人？難道風音真的出事了？

「不過，沒關係了，姊姊回到我的身邊，所以我原諒姊姊了。」

菖蒲開心地眯起了眼睛。

黑虫像是在應和她，響起了更大的拍翅聲。這時候，柊子開口了。

『妹妹……』

◇　◇　◇

好像作了很長很長的夢。

在夢裡，自己總是昏昏沉沉地躺著打盹。躺在那座山上的寬闊草原，吹著涼爽的風，曬著煦煦的陽光。

這樣睡著覺時，背後總是會有帶點硬度的毛皮觸感，還有柔和的體溫。

一直都是這樣。不管是這麼舒服的大晴天、或是嘩啦嘩啦下著大雨的寂寞日子、或是白雪不停堆積的冬日，身旁一定有灰黑色的毛與灰白色的毛陪伴，還有兩對完全相同的赤銅色眼眸對著自己笑。

「……」

比古聽著草被風吹動的微弱聲響，恍惚地張開了眼睛。

遼闊的視野比想像中灰暗，抵在背部的也是冰冷、僵硬的樹木觸感。

疑惑的比古轉過脖子，緩緩地移動了視線。

響起火焰嗶嗶剝剝爆開的微弱聲音。

比古往那裡望去，看到地爐旁邊有個人，把細細的樹枝放進可能是剛點燃的小火堆裡。

那是令人懷念的背影；那是應該再也見不到的背影。

想必是他把因為傷口疼痛和體力消耗而倒下的比古，抬到了有那棵腐朽的巨大柊木的建築物裡。

昏迷其間，比古作了夢。雖然不知道經過了多久的時間，但夜幕既然還覆蓋著世界，表示時間並不長。

可能是察覺比古的視線，那個人影緩緩轉頭往後看。

火焰的橙色光芒照出了他一半的臉，靠近這邊的一半形成了陰影。

「你醒了啊？珂神。不對，是……比古？你不該用那個名字。」

帶著苦笑的笑容，與記憶裡的模樣分毫不差。

令人懷念的聲音對無言地注視著自己的比古說：

「對不起，比古。你們能夠逃出來，太好了。」

那人又說能再見到活著的比古，自己總算鬆了一口氣。

比古的喉嚨僵硬，沒辦法順暢地發聲，只能用力地擠出話來。

「……為……什麼……」

既然活著，既然還活著，為什麼不回來？

那人聳聳肩，以為難的語氣回應。

「我沒辦法馬上回去……因為我犯了很多罪。在贖罪前，我沒臉見你。」

他說在那次的崩塌中，把一度被土石流沖走的自己救出來的是智鋪眾。

他們照顧重傷瀕死的他，直到他可以像原來那樣行動自如。

在那裡療傷的其間，他才知道有很多人來向智鋪尋求協助。

「我心想，那些來尋求協助的人，如果都能成為你的子民該有多好。我想復興失去的九流之國，把原本你該繼承的所有東西都交給你。」

所以，他加入智鋪眾，取得了地位。

「我一直在關注你們，看你們在做什麼。只有兩個人一起生活一定很寂寞，為什麼不去道反尋求庇護呢？」

雖然曾是刀劍相向的關係，但是，道反女巫不是那麼殘忍的人，應該不會拋下只剩兩人的你們不管吧？

比古點點頭。

但是，比古和多由良都沒有投靠那裡，又回到了原來的地方。

因為那個人說不定會回來。

多由良一定知道比古在心底深處這麼想，說不定多由良也是。

兩個人相依為命很寂寞，但並不痛苦。因為不管走到哪，都有滿滿的重要回憶。

有時會寂寞、悲傷到不知如何是好，但從來不曾覺得痛苦。

火焰嗶剝爆開來。

地爐旁邊堆著很多細樹枝。

樹枝頂端分岔的部分還掛著枯萎的柊葉。

「柊枝……」

比古低聲嘟囔，那人回他說：

「已經腐朽、乾枯，正好拿來當柴燒。」

聽到那人穩重溫柔的嗓音，比古忽然好想放聲大哭。可是，現在的年紀已經不容許他這樣哭泣，所以他只是想想而已。

淚水模糊了視野。火焰嗶嗶剝剝爆響。

彷彿聽見火焰前有微微的拍翅聲。

比古抖抖眼皮，緩緩望向再次背對自己把樹枝丟進地爐裡的男人。

越過他肩膀的前方，也就是火焰的前方、橙色光線到達不了的地方，潛藏著很小、很小的點點般的黑色東西。

「……」

不只火焰的前方。

還有火光照不到的地方，以及四周。

黑色東西密密麻麻地爬滿這些地方，不時拍振翅膀，包圍了比古。

「多由良也還活著。」

比古平靜地說，男人依然背對著他，輕輕地點了點頭。

那個動作教人懷念，比古眨了眨眼睛。淚水從眼角流下來，沾溼了太陽穴。

剛才他作了夢，是令人非常懷念的夢。

在夢裡，比古昏昏沉沉地打著盹，聽到草被風吹動的聲響，恍惚地張開眼睛，就看到被灰白毛圍繞的赤銅色眼眸近在眼前。視線與比古一交接，眼眸的主人就嘻嘻笑了起來，笑得好開心。

——你真的睡得很熟呢，我們又不是枕頭。

儘管灰白狼這麼說，但是，其實比古以前就知道了，其實它經常跟灰黑狼爭奪由誰來當比古的枕頭。也知道它們決定每天都來個小小的競爭，由勝的一方當枕頭。也知道灰白狼每次都以毫釐之差敗給灰黑狼，因此咳聲嘆氣。

也知道因為灰白狼都這樣咳聲嘆氣，所以最後灰黑狼都會把當枕頭的權利讓給它。

比古聽著自己內心的聲音，忽地屏住了氣息。

自己以前都知道。對，是以前，不是現在。

『……比……古……』

就在這一瞬間，好像聽見叫喚自己的微弱聲音。

微弱到幾乎聽不見，但帶有堅定意志的聲音，像是要把他拉回去。

「……」

每眨一下眼睛，淚水就湧出來，流到太陽穴。分不清是悲哀還是難過，淚水卻自己湧了出來。

比古用力扯開了喉嚨。

「真鐵……」

火焰嗶剝爆響。

「茂由良怎麼了？」

背對著他的男人緩緩回過頭，沉穩地笑著。

「多由良跟你一起逃走了吧？」

「是、是啊……」

沒錯，多由良是這樣，可是——

「當然是這樣。」

閉上眼睛，湧出來的淚水就冷冷地濡溼了太陽穴，比古吐出了氣息。

其實他都知道。

「茂由良不在呢……」

「多由良不在這裡，事後要向它道歉，害它受了傷。」

比古把力氣注入手肘，用全力撐起身體。

自己作了夢，作了虛幻的夢。

「不對……」

可能是察覺語氣變了，男人沉默不語。橙色火光照亮了他半邊的臉，靠近比古這邊的臉形成陰影，看不清楚。

「是茂由良，不是多由良。」

「茂由良？……啊。」

他想起來似的動了動嘴唇。

「那個沒用的傢伙嗎？」

用手掌的大拇指根部擦拭眼睛好幾次的比古，顫動著肩膀。

他還記得，那時狠狠地說「我殺了紅毛狼」的聲音。若是沒有理由，不可能那麼做。一定是發生了什麼事。一定是。

紅毛狼對親生兒子茂由良非常冷漠。

剛才那句話的語氣，與紅毛狼的語氣十分相似——

心臟撲通撲通狂跳起來。為什麼會改變呢？非殺死不可的理由是什麼呢？

那是因為——其實比古應該已經猜到理由了。

「……你是誰？」

比古抬起頭低聲叫嚷，男人回看他的眼睛閃過昏暗的光芒，嗤笑起來。

瞬間，地爐裡的火熊熊燃燒起來，又忽地熄滅了。然後，躲在四周的黑虫發出巨大的聲響飛了起來。

環繞比古他們的景色突然改變了。

他們身在那座腐朽的森林裡，剛才比古是被拉進了幻想裡。

黑虫在四周飛來飛去，數量不是普通地多。飄蕩的甜膩屍臭味也更濃了。

很快環視周遭一圈的比古，發現黑虫密密麻麻地聚集在一起，形成一個大團塊。特別濃的陰氣，凝結在團塊的四周。

比古甩甩頭，以堅定的意志扯掉扭曲記憶的薄布幕般的東西。

他是跟昌浩、十二神將一起來到這裡。為了追查樹木枯萎的原因、為了尋找冰知的下落。

昌浩、太陰跟那個叫菖蒲的女人，一起消失在通往其他地方的門後面了。

六合應該是在自己身邊，放眼望去卻看不到他的身影。

但是，比古一直聽到六合叫喚他的聲音，所以才能回來。

「六合呢……」

尋找六合身影的比古，忽然覺得有冰冷的東西撫過脖子。

響起幾乎聽不見的微弱聲音。

「不會吧……」

比古大吃一驚，把靈力擊向黑虫的團塊。無數張翅膀嘩地散開，出現層層重疊的白骨，神將就倒在那下面。

「六合！」

比古推開白骨，把六合拉出來。

動也不動的六合，絲毫感覺不到神氣。面如土灰，彷彿失去了生氣。但還活著，也有氣息。

但是，只有氣息，神氣完全枯竭了，看來是被汙穢和陰氣吸光了。

在幻想裡，比古的確聽見了六合的聲音。

可見六合雖然處於這種狀態，還是使出所有的力氣，保住了快要被迷惑的比古的理智。

六合倒下的地方附近，地面都在震動，發出噠噗的聲響。

仔細一看，密密麻麻地排滿了如小指頭尖端大小的臉，凝視著比古。

「嚇！」

反射性地結起手印的比古，還來不及施放法術，數不清的臉就化為黑色小點，長出黑色小翅膀，同時飛了起來。

怒吼般的拍翅聲刺穿耳朵，震動了耳膜，在頭腦裡繚繞迴響。強烈的耳鳴直貫腦際，形成劇烈的疼痛襲向了比古。

智鋪祭司對忍不住蹲下來的比古說：

「比古，你為什麼不相信我說的話？」

「住口！」

昌浩說過：「你是誰？」、「你是不是把骸骨當成了外殼？」

比古不願相信。不願相信真鐵已經不在了。不願相信這是真鐵的骸骨，裡面裝的是其他的東西。

明知必須面對，比古卻撇開了視線。

他以為不去面對，就可以回到從前。根本不可能有這種事。時間不能倒轉。自己沒有將時間倒轉的能力和技術。而且，比古所認識的真鐵，恐怕也不希望他這麼做。

謊話連篇的智鋪祭司，也說了幾句真話。

他說犯了很多罪是真的。他說珂神的名字不再是自己的也是真的。

他還說一直關注著自己和多由良。

比古聽昌浩說過，道路從很久以前就被鋪設了。

那麼，表示在那件事發生的很久以前，他們就被監視了。

紅毛狼真赭為什麼對自己的親生兒子茂由良那麼冷酷呢？

真赭把九流族的最後兩個後裔撫養長大，並把身為祭祀王的責任、規矩、技法統統傳授給了比古。真鐵為什麼非殺死這樣的真赭不可呢？

道路從很久以前就被鋪設了。

如果是把骸骨當成外殼，扭曲了無數的命運，那麼——

「你是真赭……?!」

對於比古的嘶吼，真鐵笑而不答。

比古恍然大悟，這就是答案了。

真赭不知道什麼時候死了，或是被殺了，就被這東西當成了外殼。然後，被真鐵看穿了，真鐵就替真赭報仇了？

但是，這東西沒死。可見，真鐵沒能殺死這東西。

然後，這東西又把被土石流淹沒的真鐵，當成了下一個外殼。

原來是這樣？

智鋪祭司歪嘴奸笑，把手放在腰間佩劍的劍柄上。

比古清楚看見，出竅的劍尖因為黑虫的陰氣而變得晦暗。

◇　◇　◇

在床帳裡縮成一團、閉著眼睛的脩子，一夜沒睡等著天亮。

希望直到天亮都沒事發生。

希望皇宮不會派使者來。

然後，希望這樣的早晨不斷重複，哪天迎接沒有任何不安的日子。

「咯……」

喉嚨響起咻咻聲，脩子趕緊鑽進被子裡，屏住了呼吸。

因為太過操心勞累，身體狀況一直不太好。到了夜晚就很冷。有時喉嚨會嗆到不停地咳嗽。

但是，她不想讓藤花和風音擔心，所以都沒說。

現在不是感冒的季節，但是，她可能是累到體力不支，引發了感冒。

命婦和菖蒲都還躺在床上，父親的狀況也不好，自己要健健康康才行。

每晚帶著嵬上床，是因為那個毛色潤澤的身體非常溫暖。

想取暖而伸出手的脩子，發現烏鴉不在附近。

她訝異地想怎麼會這樣？但沒有走出床帳去找。

鑽進被子裡，就不會那麼冷了。
她閉上眼睛，數著呼吸。
快點睡著吧。睡著了，一定可以作幸福的夢。雖然幾乎都不記得，但可以確定是很開心、很幸福的夢，這樣就夠了。
脩子的幸福，就是再見到母親。跟父親一樣，在夢裡重逢。
可能是感冒的關係，覺得體內特別熱，漸漸地昏沉起來。
忽然，稍微咳了起來，呼吸有點困難。她想應該是沒好好睡的關係。
好像聽見從某處遠遠傳來了微弱的拍翅聲，但脩子很快就忘了這件事。

8

以魂虫映出來的身影呼喚妹妹的柊子，悲哀地微笑著。

『跟我一起去門的那邊吧，妹妹……』

聽到出乎意料的話，菖蒲眨了眨眼睛。

「妳說什麼？」

疑惑地瞪著柊子的菖蒲，眯起了眼睛。

「姊姊，妳在說什麼？……門的那邊？」

那裡是黃泉的世界。

「為什麼我要去那種地方呢？我活得好端端的啊，因為祭司大人救了我……」

柊子流下了淚，搖搖頭說：

『不……妳的生命在那時候就結束了。』

她不知道有多期望妹妹還活著。可以這樣再見到妹妹，她不知道有多開心。

但是，柊子察覺到了。

『妳跟我一樣。』

「一樣？」

柊子伸向菖蒲的手，是白皙纖細的左手。
已經不是那個左半身腐朽到面目全非的模樣，而是恢復生前的美貌了。
昌浩心想是因為那隻魂虫擁有的柊子的記憶吧。
『妳已經死亡，是妳製造了汙穢。』
聽到姊姊這麼說，菖蒲滿臉驚訝，不停地眨著眼睛。
「姊姊，妳在說什麼啊？」
柊子淚流滿面。
『見到妳，我才知道，是妳製造出了樹木枯萎等所有一切。』
這句話讓昌浩驚愕地倒抽了一口氣。
「對了，朽木……！」
昌浩終於想到了。
柊子散發著汙穢、強烈的陰氣，更召來黑虫，讓陰氣在那裡凝聚沉滯。
不只樹木枯萎會造成汙穢，汙穢也會造成樹木枯萎。
柊子的骸骨已經死亡，而死亡是汙穢。持有柊之名的人染上了汙穢，那個汙穢便會循環，引發樹木枯萎。就像柊子的存在，使京城的汙穢更嚴重。
智鋪眾利用菖蒲，擴大了樹木枯萎的範圍。違背生死條理的柊眾的骸骨，會阻止氣的循環，引發樹木枯萎。

菖蒲自己不也說過嗎？每原諒一次，就會生出黑虫。

黑虫是陰氣的具體呈現。死亡是汙穢。陰氣增強，黑虫就會增加，使汙穢更加擴大。

菖蒲的表情變得很可怕。

「我聽祭司大人的話，原諒了大家，所以生出了這麼漂亮的虫，妳看……」

菖蒲伸出來的手的前端，浮現一顆由新的黑虫群聚而成的球。

「妳剛才說的那些難聽的話，我也原諒妳了。姊姊，請告訴我們在哪裡。」

『跟我一起走吧。』

「姊姊一個人走就行了，菖蒲要一直陪在祭司大人身邊。」

拍翅聲更劇烈了。

昌浩環視周遭。數量增加的黑虫，飛向了太陰他們。

風的漩渦已經微弱到快撐不住了。

「嗡！」

昌浩炸飛大群的黑虫，跑向神將和冰知。

柊子一面轉動眼珠看著昌浩的動作，一面把手伸向了菖蒲。

菖蒲往後退，躲開了她的手。

「不，不要碰我！」

『妳好可憐，被那個男人不斷注入汙穢，已經……』

發生在妹妹身上的悲劇令人心痛，柊子的臉糾結起來。

菖蒲卻是怒火中燒，眼眸閃爍著昏暗的光芒。

「……件。」

她喃喃低語，黑色水面便瞬間在她背後展開，件掀起波紋浮出了水面。

靠昌浩的靈術才勉強逃過黑虫攻擊的太陰，張大眼睛看著菖蒲背後的件。

「昌浩，你看……！」

魂虫聚集在一個地方，沒有逃走，可能是因為幾乎沒有力氣飛起來了。

無數的魂虫都合上了翅膀，沒辦法馬上知道哪隻是敏次、哪隻是皇上。張開翅膀就會浮現臉的圖案，一眼就能看出來了。

但是，昌浩很快就發現了。

只有一隻魂虫的白，性質不一樣。該怎麼說呢，就是非常清澄的白，像是會發亮。

昌浩想起皇上是太陽神天照大御神的後裔。包覆這隻魂虫的顏色，與陽光十分相似。

忘了是什麼時候，昌浩曾遠遠見過皇上。現在他輕輕伸出手，從那隻魂虫感覺到的東西，就跟當時皇上散發出來的波動一樣。

「這就是皇上啊……」

昌浩用靈力的線綁住魂虫，以免看丟了。

敏次的魂虫應該也在這麼多的蝴蝶裡面。

為了慎重起見，昌浩把魂虫統統收進靈氣的籠子裡，呼地喘口氣，總算可以放心了。

昌浩抱起不能動的冰知，望向件，皺起了眉頭。

「件……」

昌浩環視周遭。

因為大群的黑虫多到驚人，所以陰氣凝結沉滯，快滴下來了。這樣下去，太陰和自己都會被陰氣奪走生氣、靈氣和神氣，身體就不能動了。

必須想辦法脫離這個地方。

他們來到這裡，是穿過了菖蒲做出來的門。昌浩不知道這是哪裡。

「太陰，妳知道這裡的盡頭在哪裡嗎？」

昌浩小聲問，太陰明白他的意圖，默默地點點頭，向四方放出很小的風。

豎起耳朵仔細聽，就能聽到菖蒲和柊子的聲音。

菖蒲跑向件，抱住了件的脖子。

「件，好孩子，為祭司大人宣告預言吧。」
混雜在拍翅聲中傳來的菖蒲的話，昌浩覺得聽起來怪怪的。
為祭司大人宣告預言是什麼意思？
從風中讀取訊息的太陰，悄悄對疑惑的昌浩說：
「昌浩，這地方不是很大。因為太暗，很難掌握距離，但感覺十丈遠的地方有靈力的牆壁。」
昌浩對小心翼翼地操縱著風的太陰點點頭，立刻計算了距離。
既然是被靈力包覆，那麼，突破靈力就能離開這裡了。
菖蒲現在的注意力都在柊子身上。
「太陰，冰知和魂虫交給妳了。」
昌浩悄聲說完，斜眼看見太陰以眼神回應，就折回了柊子她們那裡。
摟著件的菖蒲，還在跟件說話。
「件，祭司大人告訴過你吧？也要聽菖蒲的話啊。」
件總算張開了嘴巴，準備回應菖蒲。
「這……」
「嗡、波庫、坎！」
短短的真言穿過拍翅聲的縫隙，封住了件的聲音。

瞠目結舌的柊子轉頭看昌浩。

昌浩拍手擊掌。

「八劍乃花之刃，此劍乃雷之刃。」

高高舉起的刀印刀尖，迸出銀白色的閃光。

昌浩瞥一眼嘩地聚集過來的黑虫，大叫：

「剷除眼前惡魔的草薙之劍！」

從橫掃而過的刀尖，迸射出八重雷電，縱橫馳騁。

黑虫的拍翅聲被轟隆聲掩蓋，被雷光吞沒的黑虫無聲地滅絕了。

一道雷貫穿了件，妖怪連叫都沒叫一聲，就四腳朝天沉入了水裡。

被推開的菖蒲也被彈飛出去，慘叫著摔在地上。

身體受到強烈撞擊的菖蒲，不停地呻吟，再也站不起來了。

柊子在她旁邊蹲下來。

『妹妹，我不該放開妳的手，原諒我。』

「我不要，因為姊姊……」

昌浩清楚看見菖蒲的眼睛忽然泛起了淚光，閃閃搖曳。

「姊姊不管我哭著說不要，還是放開了我的手！」

剛才連小小震盪都沒有的菖蒲的心，已經動搖了。她不能把柊子說的話當耳邊

風，不知道該怎麼辦才好。

菖蒲剛才說的柊子，跟出現在眼前的柊子明顯不一樣，菖蒲自己也察覺了，正感到困惑。

昌浩很訝異為什麼會突然這樣。

看著菖蒲和柊子的昌浩，發現柊子的眼神跟以前看到的完全不一樣了。

以前昌浩看到的是，充滿悲嘆、後悔的軟弱眼神。

但是，現在的柊子不一樣，眼神裡有無論如何都要把妹妹帶走的堅強意志。

因為斬斷眷戀的柊子的心改變了，她說出來的話具有言靈的力量。真誠的聲音，有充分的力量足以打動菖蒲冥頑不靈的心。

但是，沒有被剛才的八重雷電完全消滅的黑虫，又要向她聚集了。柊子的力量應該剩沒多少了。

昌浩思索著。

有沒有方法可以瞬間祓除黑虫的陰氣呢？有沒有方法可以把黑虫連同包圍這裡的結界一起毀滅呢？

十二神將火將騰蛇的身影閃過昌浩腦海。那個灼熱的業火，就可以瞬間吞噬所有的黑虫，燒光結界，突破重圍。

小怪，也就是紅蓮，用光力量，至今不能動，竟然會造成這麼大的影響。

昌浩下定決心，再有下次，要稍微思考力量的分配。
小怪一定會睜大眼睛說：「還有下次嗎?!」可是，不知道什麼時候會發生什麼事，所以還是要先作好這樣的心裡準備。
想著這些有的沒有的事，心情稍微緩和了一些。儘管小怪不在場，對昌浩來說，依然是最值得依賴的拍檔。
「火乃淨化。」
說也奇怪，他正好跟柊子作了同樣的選擇，但他並不知道。
昌浩曾經向火神借過力量。這裡請不到火神，但昌浩還記得那股波動。
只要有依附體，就能讓記得的東西的影子降臨。
而依附體就是這個身體。
「因此。」
看得出來，柊子對短短的話語有了反應。可能是瞬間察覺昌浩的意圖，輕輕地點了點頭。
然後，她把手伸向了菖蒲的臉。菖蒲已經站不起來，拖行著向後退。
「不要……」
菖蒲抗拒，猛搖著頭。柊子平靜地呼喚她：
『文目。』

話語是言靈。

『柊的文目。』

名字是最短的咒語。

即便被植入了虛偽的東西，只要還存在著一絲一毫文目本身的魂，這個出生時就被施行的咒語，就會留在體內最深處。

菖蒲的雙眸凝結了。

柊子撥開妹妹的劉海。

『讓柊隱藏門的使命，從此結束吧。』

菖蒲回看姊姊的眼睛噙著淚水。

「不要……」

儘管搖著頭，但說是抗拒，還不如說是像小孩子鬧脾氣，是軟弱的最後掙扎。

「我不要，因為祭司大人、祭司大人對我很好……很疼我……所以……」

菖蒲的話戛然而止。

在周圍飛來飛去的黑虫，纏著菖蒲，拍響了翅膀。

回神時，菖蒲不自覺地重複著柊子剛才說的話。

「……柊的文目……」

柊是降魔之樹，「文目」是「菖蒲」的同音異字。

身為柊眾首領的祖父，替第二個孫女取的名字，其實漢字是寫成「文目」而不是「菖蒲」，意思是「條理」。

「……姊姊……」

注視著柊子的文目，淚水自臉頰滑落。

不覺中，文目嘎嗟嘎嗒顫抖起來。

她應智鋪祭司的要求，紡出了黑虫，擴大了樹木的枯萎，染上了汙穢。

「我……我都……做了什麼事……」

被刻印在她體內深處的條理的咒語，破除了被智鋪植入的虛偽記憶。

柊子以充滿愛的手勢，一再撫摸知道自己罪孽深重而顫抖的妹妹的頭。

『我也一樣……所以，要去門的那一邊。』

門的那一邊，不是一般死者去的地方。

她們不會渡過境界河川，也不會鑽過冥官之門，更不會前往夢殿。

她們會沉沒在門的那一邊，從此再也不會有人知道門在哪裡。

完成使命的代價是，再也不能投胎轉世為人。這是犯下無法彌補的罪行的她們必須接受的懲罰。

柊子的輪廓消失了，變回白色的魂虫。

文目垂下眼皮，癱軟地傾斜。倒下來的身體發出清脆的聲響，啪啦啪啦碎裂了。

昌浩目瞪口呆。文目的身體咔啦咔啦化成了乾枯的白骨。

這才是她真正的模樣。她早在船翻覆的時候，就被波浪吞沒淹死了。

又瘦又小的蝴蝶，從白骨翩然飛起，依偎在柊子的魂虫旁邊。

兩隻蝴蝶翩翩飛舞，瞬間就被大群黑虫包圍了。

但是，在黑虫進攻之前，兩隻蝴蝶就消失無蹤了。

失去獵物的黑虫，把目標轉向了昌浩和神將。

劇烈的拍翅聲如雪崩般席捲而來。

昌浩在同一時間拍手擊掌。

「謹請軻遇突智之神降臨！」

就在詠誦的同時，從昌浩體內迸發出來的強烈火焰神氣炸開了。

太陰雙手捧著冰知與魂虫的籠子，使出僅剩的力量召來風，捲起漩渦。

火焰被風搧動，瞬間吞噬了黑虫，又不斷蔓延，燒光了所有一切。

◇　◇　◇

就在祭司舉起劍要往比古砍下去的那一刻。

灼熱的神氣爆發，破除了結界，被困在裡面的昌浩等人，跟大群黑虫一起滾了

出來。

昌浩在沒有任何準備、也沒有道具的狀態下，召喚了軻遇突智的火焰，體力消耗太大，一時之間沒辦法行動。

太陰光是抓住冰知的手臂就很吃力了，只好放掉魂虫的籠子。

滾出去的籠子很快就被黑虫包圍擊碎了，收在裡面的魂虫嚇得四處逃竄。

事情發生得太快，祭司也猝不及防。

「為什麼……」

比古沒錯過祭司撇開視線的那一剎那。

他奮力闖入攻擊範圍，奪走祭司手上的劍，反用劍尖抵住祭司的喉嚨。

祭司試圖往後退拉開距離，但比古不讓他得逞。

雖然身體到處劇烈疼痛，但比古咬緊牙關，對祭司窮追不捨。

現在揮舞的劍術，也是真鐵教的。

比古不能原諒這個人用真鐵的身體、真鐵的聲音做壞事。

更不能原諒自己在那其間作了夢，即便只是短暫的時間。

「我要替多由良報仇！」

激烈的攻擊使祭司失去平衡跌倒，比古把劍尖抵在試圖跳起來的祭司的眉間，低聲叫吼：

「把那個身體還給我！」
祭司卻嘲笑似的說：
「身體？是骸骨吧？」
那個模樣讓比古的憤怒瞬間爆發了。
「你……！」
因為太過憤怒，刀子沒拿穩，原本對準腦勺的刀尖，只擦過了祭司的額頭。
看到傷口滲出紅色血珠，比古的心不知道為什麼強烈動搖了。
會出血，表示身體還活著。
「啊……」
祭司趁隙對準受重傷的比古的傷口，放出了雷擊。
「唔！」
距離太近不能閃開的比古被擊個正著，還沒發出叫聲就被彈飛出去，撞倒腐朽的樹木摔倒在地，再也不能動了。
祭司撿起從比古手中掉下來的劍，瞥一眼還站不起來的昌浩和摟著冰知的太陰。
與太陰的視線交會時，看到她桔梗色的眼眸凝結了，祭司嗤嗤奸笑起來。
太陰把冰知擋在後面，從手掌做出了龍捲風，但祭司的行動比她快。
這時候，有隻手從太陰背後伸過來，抓住她的肩膀，把她拽倒。

祭司的劍揮過太陰的頭剛才所在的位置。

倒在地上的太陰射出了風的凝聚團塊，擊中祭司的左肩，響起骨頭碎裂的聲音。

太陰聽到那個聲音，便驚愕地倒抽一口氣，全身緊繃。想到不可以傷害人類的哲理，她的身體便不由自主地縮了起來。

用沒受傷的右手拿著劍的祭司，傲然俯視全身僵硬的太陰，揮起來的劍尖突然停止了。

太陰發覺視野角落有白色的東西翩翩飛舞。

很多魂虫被黑虫追著跑，四處逃竄。

但是，一隻接著一隻被黑虫抓住，魂虫受到攻擊，白色的翅膀被殘酷地扯落後，消失不見了。

好不容易爬起來的昌浩，看著在太陰與冰知眼前高舉著劍的智鋪祭司，以及被大群黑虫玩弄的魂虫。

原本數量很多的魂虫減到一半以下，黑虫還凌虐似的追逐著剩下的蝴蝶。

有隻魂虫綻放著特別亮的白光，身上綁著靈力的線。昌浩看到那條線快被咬斷了。

同時，發現祭司也看著那隻魂虫，昌浩不寒而慄。

祭司的眼睛閃過厲光。

他瞄準虛弱地拍著翅膀飛舞的魂虫，隨手把劍拋了出去。

劍破風飛向了皇上的魂虫。

「不行！」

昌浩想衝出去，但膝蓋無力地下彎，往前撲倒了。

「太陰！」

聽到昌浩反射性的叫聲，太陰的肩膀顫抖起來。彷彿咒縛瞬間解除，太陰放風包住劍，想把劍擊落。

但是，風被黑虫阻擋了。

劍尖就快砍斷皇上的蝴蝶的翅膀。

昌浩不由得伸出了手，但根本搆不到。

「啊……」

昌浩用幾乎聽不見的聲音大叫，同時看到伸出去的手的前方有隻蝴蝶。

翩然飛舞的蝴蝶張開的翅膀上，浮現非常熟悉的臉龐。

昌浩猛然想起——

替代的生命。

敏次如果是在有意識的狀態下接到這個命令，很可能會聽從。

對，他會應請求而逝。

「啊……！」

那隻魂虫推開光芒特別璀璨的皇上的魂虫，自己迎向了劍尖。

於是，那隻魂虫被鐵劍砍成兩半，白色翅膀紛飛飄散了。

「——！」

覺得浮現在翅膀上的緊閉的眼睛，看起來很滿足，應該不是昌浩太多心。

所有事轉眼間就結束了。

發現黑虫向劍聚集，企圖把劍送還給祭司，太陰慌忙用風的漩渦包住皇上的魂虫，把漩渦推給了昌浩。

飄到手上的魂虫，翅膀虛弱地顫抖著，但毫髮無傷。

昌浩茫然地望向祭司。

智鋪祭司淡淡一笑，張開了嘴巴。

「件。」

牛身人面的妖怪，出現在祭司腳下，彎下前膝，垂下了頭。

祭司把手放在件的頭上，瞥一眼悽慘地飛散的翅膀。

「件啊，再宣告一次預言。」

件聽從命令，對著翅膀開口說話。

『以此骸骨為礎石，將會打開許久未開的門吧……』

心跳在昌浩胸口怦怦作響。

「以此……骸骨……」

件依照智鋪祭司的命令宣告了預言。

件的預言一定會靈驗。

昌浩的身體顫抖，行動不靈活。想把散落的翅膀蒐集起來，指頭、手臂、腳卻都不聽使喚。

他覺得冷到不行。全身血液往下流，不知道流到哪裡去了，四肢末梢冷得像冰一樣。

件回應祭司的叫喚，出現了。件的預言，一定會靈驗。

怎麼會這樣？祭司剛才說「再宣告一次」，不是宣告今後會發生的未來，而是讓昌浩等人知道，宣告過的預言已經成真了。

為什麼件會聽從祭司的命令呢？那樣子簡直就像——

「唔……」

忽然，昌浩的眼眸充滿了震驚。

服從術士的妖怪，就是所謂的「式」。

昌浩茫然低喃。

「智鋪的……式……？」
剎那間，昌浩明白了。
所以，件總是沿著智鋪所鋪設的道路宣告預言。
件的預言一定會靈驗。所以，智鋪所鋪設的道路屹立不搖。他所描繪的未來一定會成真，沒有其他道路了。
那不是預言。不可能是預言。那是所謂的——咒語。
心臟在昌浩胸口怦怦狂跳。
「原來……是咒語……」
全都是。
岦齋、時守、屍，還有敏次。
全都是被件宣告的名為預言的咒語困住、被殺了。
是智鋪害死了他們。
「為什麼……你的目的是什麼……！」
昌浩的雙眸燃燒著憤怒。
面對劇烈憤怒的祭司，一臉不屑，聳聳肩嗤笑起來。
「我只是為了剷除阻礙。」
「阻礙……」

這個殘酷的答案令昌浩幾乎窒息。

祭司把視線從呼吸困難的昌浩身上移開，轉向了太陰和冰知。

太陰倒抽一口氣，瞥一眼背後的冰知。

冰知的眼皮微微張開，露出紅色的眼眸。雖然呼吸困難，冰知還是對太陰使了個眼色。

祭司慢慢靠近了。

太陰看看冰知，再看看昌浩，瞪著逐漸靠近的祭司說：

「不要再過來！」

看到太陰盡全力威嚇，祭司苦笑著說：

「我過去妳又能怎麼樣？再擊碎我的右臂嗎？」

祭司把下顎指向癱瘓地垂下來的左臂，在太陰前面蹲下來，配合她的視線高度。

「不可以傷害人類的十二神將，可以刺穿這個身體嗎？那就試試看啊，妳動手吧。」

太陰瞪著毫不設防地露出喉嚨的祭司，眼神幾乎要把他射穿了，卻怎麼樣也不能採取行動。

祭司伸出右手，抓住太陰高高紮起來的頭髮。

「燒得那麼慘，居然還能復元呢。」

「咦……」

「騰蛇的火焰燒到了妳的頭髮和皮膚吧？如果直接把妳燒死，就替我省了很多麻煩。」

但是，祭司又搖搖頭說：

「不，那樣的話，又會有新的神將誕生。那就對我不利了。燒成那樣剛剛好。」

嘀嘀咕咕的祭司，望向了倒地不能動的六合。

忽然，祭司睜大了眼睛。

「——嗡！」

從太陰背後伸出一隻沾滿血的手，畫出五芒星，襲向了祭司的胸口。

躲在個子嬌小的太陰後面現影的紅色眼眸，直直射穿了祭司。

冰知使出僅剩的所有力量施行的靈術，貫穿了祭司的心臟。

「啊……」

祭司按住胸口，往後退了幾步，搖搖晃晃地跪下來。

「唔……啊……」

祭司呼吸凌亂，喘不過氣來，冰知卻沒有餘力再施放第二次法術了。

「……哼……」

不甘心地扭曲著臉嘶吼的冰知，就那樣靜止不動了。

「冰知！」

太陰的叫聲敲響了昌浩的耳朵。

昌浩搖晃著站起來。

他把皇上的魂虫藏進狩衣的袖子裡，瞪視著大群的黑虫。

「讓開……！」

結起刀印的昌浩，很快畫出五芒星，把所有黑虫關進裡面。

「禁！」

五芒星向外擴張，變成好幾個竹籠眼，被吞進去的黑虫都化為塵埃消失了。

昌浩瞄準跪下來的祭司，唸起了真言。

「嗡、阿比拉嗚坎、夏拉庫坦……！」

祭司轉過頭去。

看到從昌浩全身迸出來的強烈靈力捲起了漩渦，他的臉上第一次浮現出焦躁的神色。

「電灼光華，急急如律令——！」

星星和月亮都被厚厚的雲遮住了的天空，劃過了無數條的雷電。這些雷電匯集後，如波浪般洶湧翻騰，直直俯衝而下。

仰頭望向天空的祭司瞠目結舌。

「——！」

雷神之劍從男人頭上劈下來，轟隆作響，大地搖晃，銀白色閃光照亮了視野。

閃光瞬間燒斷了黑虫們的翅膀，陰氣的實體被轟然巨響的雷鳴驅散，全都消失了。

9

照亮視野的閃光餘光逐漸消失，太陰慢慢張開了眼睛。

祭司剛才所在的位置，被深深挖出了一個大洞，那麼大一群黑虫也消失得無影無蹤了。

她回頭確認冰知的狀況。冰知的呼吸很快，看起來很痛苦，但似乎沒有生命危險。

鬆了一口氣的太陰，看到昌浩搖搖晃晃地向前走，又跪了下來，慌忙站起來。

「昌浩！」

太陰跑過去，站在那裡。

昌浩用雙手把散落四處的白色翅膀蒐集起來。

只剩下白色翅膀了。白色的翅膀上，浮現緊閉的雙眼。

昌浩目不轉睛地盯著那雙眼睛。

「醒醒啊，敏次大人……」

捧著翅膀的雙手在顫抖。

抖到狼狽不堪。抖到好不容易撿齊的翅膀又差點掉下去了。

「敏次大人……不行喔……不可以在這種時候……」

我的的確確說過要顛覆預言啊。

「在我……說話不得體時，只有你……只有敏次大人會糾正我啊。」

現在的敏次還在停止時間的法術裡。

但是，魂虫沒有回去，再不久他就會斷氣。

停止時間只是應急的法術，不能永遠持續下去。

昌浩突然想到，魂虫說不定是改變了形狀的魂繩。

用來把魂綁在身上，讓魂不會飄出體外的繩子，變成了蝴蝶的模樣。

蝴蝶是死與生的象徵，所以，變成那樣應該有什麼特別的意義。

如果不是虫，而是繩子，那麼，再綁回體內就行了。繩子就是這樣的東西。

說起來像是文字遊戲，但話語是言靈，名字是咒語。

把它命名為「魂繩」，而不是魂虫，就會變成魂繩。

「大家……都在……等你啊……」

皇上的魂虫、敏次的魂虫，都一定要帶回去，放回他們各自的身體。昌浩來這裡，就是為了這個目的。

知道樹木枯萎的原因了，事情也解決了。今後會漸漸冒出新芽，取代枯萎的樹木。

樹木不再枯萎，氣就會循環，汙穢也會消失不見。

「昌浩……」

蹲著的昌浩，聽到來自頭頂的聲音，肩膀顫動一下，緩緩抬起頭來。

太陰正憂心忡忡地俯視著他。

昌浩把四散的翅膀集中到一隻手上，用另一隻手拿出了藏在袖子裡的皇上的魂虫。

「這隻……送去爺爺那裡。」

接過魂虫的太陰，擔心地蹲下來說：

「你也一起回去吧，昌浩……這不是你的錯。」

但是，昌浩緩緩搖著頭。

在剛才那一瞬間，昌浩清楚看見了浮現在魂虫翅膀上的敏次的臉。那個畫面清晰到不行，彷彿把每個片段都刻印在眼底，又彷彿時間的流逝停止了。

魂虫把身體迎向了刀尖，臉上沒有絲毫的猶豫。

「我沒抓到它……」

昌浩注視著顫抖的手，把另一隻手蓋在捧著翅膀的那隻手上。

差點把雙手合緊，他慌忙停下來。再碎得更嚴重，就真的沒救了。

發現自己這麼想，昌浩覺得很可笑。

這裡只剩翅膀的殘骸。是沒了魂的軀殼。
為了突破結界，昌浩召喚了軻遇突智的火焰。那麼做是不是錯了呢？不那麼做，他就還有充分的戰力。說不定靠自己的力量，就能保護好皇上的魂虫。
可是，不那麼做，昌浩現在還沒辦法脫離那個結界，遲早會被黑虫奪走靈力和生氣。等他的靈氣耗盡了，黑虫大舉進攻，魂虫還是會被吃光。
不管怎麼做，命運都不會改變。
為什麼沒有早點發現，對敏次宣告的不是預言而是咒語呢？
預言不能顛覆，但咒語就另當別論了。
當成咒語來處理，就可以反彈回去給施咒的術士。
這分明就是陰陽師的領域啊。
昌浩沮喪地垂下頭，表情糾結。
整顆心空空洞洞，激不起一絲情感。
但他無法相信。無法相信敏次不在了。去陰陽寮工作，不會再見到他，也不會再彼此問候了。課業上有不懂的地方，不能再請教他了。輪值時，也不能在短暫的休息時間，彼此討論觀星或占卜的議題了。
敏次真的成了替代的生命。
能夠救皇上，他一定很滿足吧。

皇上是國家的支幹。想必敏次會抬頭挺胸，毫不猶豫地說：「我的生命可以成為支幹的礎石，是無上的榮耀。」

但是，這樣太悲慘了。假如非要用某人的生命來取代才能得救，那麼，那個某人又要靠誰來救呢？

昌浩想起以前，自己也曾想這麼做，要拋棄生命。

當時，他深信那是最正確的選擇。

在境界河川被問到「活著的人會怎麼樣」之前，他想都沒想過這件事。

其實心裡明白，活著的人一定會很悲傷，只是刻意不去想。

但是，現在昌浩體會到了，不只是悲傷那麼單純的事。

會覺得空虛。胸口開了一個大洞，沒辦法塞住，也沒辦法填滿，像個不知所措的孩子，茫然若失。

「替代的……生命……」

喃喃自語的昌浩恍惚地思索著。

不管怎麼抗拒，不能改變命運就沒有意義。

倘若，這是冥府決定的壽命，那麼，再怎麼抗拒也動不了那個宿命。只有冥府的官吏，可以改寫生死簿上的歲數和名字。

昌浩心想那個人就能改吧？但馬上打消了念頭。

即使能改，那個人也不會改。這就是官吏。
那麼，對哦，換條命不就行了？如果可以把會死的生命換成其他生命，也就是換成其他的命運，就能得救了。
在沒有脈絡的思考大海裡漂蕩的昌浩，忽然眨了眨眼睛。
「……交換……生命……」
把會死的命運，換成其他的生命。不是取代，而是交換。
這樣會違背世間的哲理嗎？即使不違背，也需要相當龐大的力量，搞不好會削減自己的壽命。
即使如此，能把不該在此時殞落的生命撈上來，也是值得的。
「交換……」
但是，要跟誰的生命交換呢？
不管是誰的生命，都不能用來當成替代品。要敏次那麼做，他一定寧可選擇死亡。
要使用更強大、更不同層次的東西來改變被鋪好的路，才有意義。
「……」
昌浩屏住了氣息。
太陰發現他的眼神驟變。

「昌浩？」
那是靈光乍現的表情。
昌浩對疑惑的太陰說：
「我要交換……生命……」
「咦……」太陰支支吾吾地說：「可是，那麼做……」
昌浩搖搖頭說：
「不，不是妳想的那樣，是把將死的生命、把那樣的命運……」
被雷擊中般的震撼襲向了昌浩。
「跟神交換……」
出乎意料的發想讓太陰大吃一驚，說不出話來。
昌浩輕輕舉起捧著翅膀的手。
吸一口氣。
「因此……」
不知道做不做得到。說不定，會耗光所有的力量，自己倒成了替代品。
但是，總比什麼都不做得好。
依附體就在這裡。
把這個身軀僅剩的所有力量，注入這些白色翅膀，紡出失去的魂繩，再重新接上。

可以用來跟將死的命運交換的是——

「櫻咲早乙矢大神！」

◇　◇　◇

聽見吵嚷聲，脩子猛然張開了眼睛。

放下床帳的床內有些昏暗，但外面已經充滿早晨的氣息。

「嵬……？」

四下張望也看不到那個黑色身影。天亮前也找過，還是不在。

原來那不是夢。

「到底跑哪去了呢？」

呼地吐口氣時，床帳前有聲音對她說：

「妳醒了嗎？公主。」

是藤花的聲音。

「我醒了。」

脩子掀開床帳，就看到梳妝打扮好的藤花端坐在那裡。

「早安，公主，我去端早上的洗臉水。」
洗臉盆端來了，脩子用裡面的水洗完臉，接過布邊擦乾邊歪著頭說：
「好像有點吵呢……」
裡面的人的嘈雜聲，連離得有點遠的脩子的房間都聽得見。聽不見說話的聲音，但感覺得到氣氛不太好。
被脩子一問，藤花的臉浮現陰鬱。
「怎麼了？」
她的眼神飄忽了一下，回答說：
「天一亮，就有人來通報……」
「有人來通報？皇宮嗎？」
脩子頓時臉色發白，藤花慌忙搖著頭說：
「不是，皇宮沒有來任何消息。來通報的人，是左大臣派來的。」
「左大臣大早派人來做什麼？」
脩子真的很訝異，藤花敷衍地微微一笑說：
「他說不是要來見公主，是要來找負責家務的人……今天巳時會到。」
可是，脩子不用出來迎接他。
脩子的身心都疲憊到了極點，所以，由總管接待就行了。

「會不會是來探望命婦呢？」

命婦一直臥病在床，是不是有點擔心她呢？

藤花的臉蒙上了陰霾。

那模樣讓脩子特別擔心。

◇ ◇ ◇

好像聽見唧唧咕咕的說話聲，她緩緩抬起了沉重的眼皮。

「母親……」

有三對眼睛直盯著她的臉，與他們的視線交會時，篤子有些吃驚。

「你們……在做什麼啊？」

發出來的嘶啞聲音，聽起來不像是自己的聲音。

聽到篤子的聲音，國成和弟妹都忍不住眼眶含淚，年紀最小的瑛子放聲大哭起來。

篤子大吃一驚，想爬起來，身體卻不知道為什麼使不上力。

疑惑的她開始回想怎麼回事。

「母親一直在睡覺。」忠基抽抽噎噎地說。

篤子歪著頭問：「一直？」

「是的。」

忠基點點頭，就因為泣不成聲，說不下去了。也是淚眼汪汪的國成，堅強地忍住淚水，替忠基接下去說。

「好像得了睡覺的病，睡了好幾天、好幾十天，都沒醒來。」

篤子瞠目結舌，沒想到過了這麼久的時間。

對了！篤子想起來了，好像一直在作可怕的夢。

那是——

「啊……！」

篤子把手伸向了肚子。大起來的肚子裡，是她的第四個孩子。

「剛才藥師來過，說肚子裡的孩子有點小，但成長得很順利，所以不用擔心，母親。」

國成一面沉穩地回答，一面用袖子一再擦拭眼睛。因為不這麼做，會淚如泉湧，止也止不住。

篤子鬆口氣，溫柔地撫摸肚子。肚子竟然動了起來，像是在回應她。

從裡面發出「砰」的微弱聲響，好像在說「我沒事哦」。

真是個好孩子。為了不讓母親擔心，會適時地發出通知，多麼聰明啊。

孩子們都目不轉睛地看著篤子撫摸肚子的手。察覺他們眼神的篤子，把另一隻手伸向他們，一個一個撫摸他們的頭。

「沒事啦。」

「嗯……」

瑛子總算停止了哭泣，用紅統統的眼睛看著篤子，靦腆地笑了。

國成和忠基也都哭紅了眼睛。

篤子邊對孩子們一一微笑，邊尋找丈夫的身影。

睡著的時候，感覺丈夫一直陪在自己身旁。

國成看到母親的表情，會意地點點頭說：

「父親因為時間到了，所以出門了。是我跟妹妹一起送他出門的。」

瑛子挺直了背脊。

「母親睡著的時候，我跟哥哥都會送父親出門、迎接父親回來。」

「父親每次都會稱讚我們很了不起呢。」

忠基的眼睛閃閃發亮。

感覺得出來他們也想被篤子稱讚，憋在心裡憋得慌了。

「是嗎？你們做得太好了，謝謝。」

「是！」

三個人齊聲回答。

這時候，聽到說話聲的侍女進來了。看到篤子醒來了，侍女很驚訝，趕緊跑去通知大家。

篤子心想也太誇張了，苦笑起來。

國成把外褂拉到篤子的脖子的地方，催忠基和瑛子離開。

「好了，你們兩個，母親累了，去那邊吧。」

瑛子搖著頭說不要。

「不行，母親才剛剛醒來，要好好休息。」

「國成，我沒事。」

篤子覺得瑛子很可憐，便插嘴協調，國成吊起眉毛說：

「不可以，肚子裡的孩子也一定會叫您休息，您問問看。」

結果，嬰兒好像聽見了大哥的聲音，肚子砰地響了一聲。

篤子眨眨眼睛，苦笑著說：

「國成真的說對了呢，我就乖乖休息吧。」

瑛子閉上嘴巴，緊緊抱一下篤子的脖子，依依不捨地走開了。

忠基羨慕地看著妹妹。他也很想那麼做，可是他已經長大了，不好意思再做出那種小孩子般的動作。

篤子瞇起了眼睛，心想他們都還是孩子，想法卻像個大人了。

「那麼，母親，請休息，等一下我吩咐人拿營養的東西來。」

國成牽著弟妹的手，走出了對屋。

目送他們離去的篤子，想到肚子裡的孩子有這些哥哥姊姊，覺得很放心。

她喘口氣，閉上了眼睛。

成親今天什麼時候才會回來呢？如果要值夜班，就是明天才會回來。

篤子一直在作夢。在夢裡，總是聽到很可怕的聲音。她向成親求救，成親卻遲遲沒出現。

但是，感覺他的氣息隨時都在附近。

有成親在，她就不怕任何可怕的東西。

這是她結婚以來的秘密。

自己到底睡了多久呢？等成親回來後再問問他。

昏昏沉沉的篤子，把手放在肚子上。

心想在這個孩子出生之前，無論發生任何事，都要撐下去。

不知道為什麼，她覺得會這麼想的自己很奇怪。

會發生什麼事呢？

——原諒我，篤子……

耳邊突然響起了聲音，篤子驚訝地張開眼睛。

半夢半醒間聽到的聲音，確實是丈夫的聲音。

她轉動眼睛四處張望，卻看不到丈夫。

孩子們不是說他去工作了嗎？

「要我原諒什麼呢……」

她帶點不安地喃喃自語，但沒有聲音回覆她。

◇　◇　◇

到了巳時，左大臣依照事先的通報，來到了竹三条宮。

不是被帶到脩子所在的主屋，而是被帶到離主屋稍遠的廂房。

「左大臣來做什麼呢？」

跟小妖們在一起看圖畫故事的脩子，一直注意廂房，根本沒心看故事。

「一定是有什麼話要說吧。」

猿鬼回答疑惑的脩子。獨角鬼和龍鬼別有意思地交換了眼神，什麼也沒說。

「有話要說，不是應該來跟我說嗎？我是這裡的主人啊。」

猿鬼嗯嗯沉吟。

「昨天公主不是一直窩在床帳裡嗎？那時候，左大臣那傢伙也來過呢。」
「是嗎？」
脩子瞪大了眼睛，獨角鬼舉起一隻手說：
「那時候，他跟總管說了很多話，大概是那些話的後續吧。」
「希望不會講太久。」
龍鬼往廂房望去。
它們說的話不清不楚，聽起來支支吾吾，讓脩子好生懷疑。
他環視屋內，眨眨眼睛說：
「喂，嵬在哪裡？我一直沒看見它。」
這時候才發現，不只是嵬，風音也是從今天早上就不見人影。
「啊，」龍鬼開口說：「烏鴉在安倍家，風音也是。」
「咦？」
聽到意外的答案，脩子瞠目結舌。猿鬼合抱雙臂，回她說：
「我們也不清楚詳細情形。晚上式神來過……就是晴明那裡的式神，妳知道吧？」
脩子點點頭。十二神將有好多個，她見過其中幾個。
「然後，天亮前，那隻烏鴉就匆匆忙忙地飛出去了。以它飛去的方位來看，應

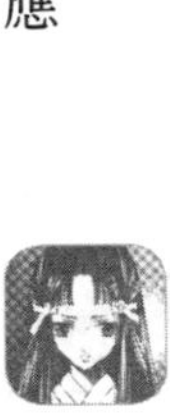
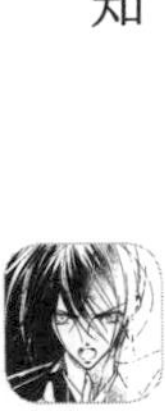
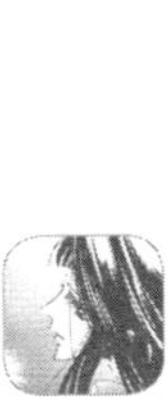

該就是安倍家。」

「我覺得奇怪，就跑去確認，果然是在晴明那裡。」

據獨角鬼說，情形如下。

晴明房間的外廊，躺著一個可怕的女式神和風音，兩個人都動也不動。在風音旁邊的烏鴉，黑臉都發白了，感覺連叫著「公主、公主」的聲音都很蒼白。

龍鬼歪起頭，用一隻前腳按著額頭。

「風音那傢伙答應了昌浩很多事，好像因此出了什麼意外。」

小妖們不知道詳細內情，但知道風音為了守護京都四處奔波。她不在時，它們也幫她掩飾過，所以逐漸萌生了同伴的意識。

但是，對風音本人來說，也許並不想被京城的小妖當成同伴。

「這樣啊……」

脩子點點頭，陷入了深思。

在自己不知情的狀態下，風音又遇上了什麼危險嗎？

她非常強大，但並非不死之身，不久前也曾經搞壞身體，臥病不起。

脩子很依賴她。只要她默默待在身邊，脩子就覺得安心。

現在，命婦和菖蒲的身體都還沒好起來，儘管有藤花陪伴，少了風音，脩子還是有點心慌慌。

「什麼時候才能回來呢……」
看脩子那麼惦念，三隻小妖嗯嗯地沉吟。
「聽晴明說還要一陣子才能復元。」
「不如以回老家調養的名義，讓她好好休息吧？」
「要假裝送她回老家，也要她本人在啊。烏鴉那小子不回來，光靠我們恐怕瞞不過去。」
「那麼……」
脩子才剛開口，就聽見廂房傳來像是家具倒下去的劇烈聲響。
小妖們與脩子面面相覷。
「什麼聲音？」
接著，聽見責罵似的聲音。
「是左大臣的聲音。」
龍鬼喃喃低語，緊閉著嘴巴的猿鬼和獨角鬼，二話不說就衝出去了。
脩子和龍鬼也跟在它們後面追著跑。
在廂房裡，從坐墊站起來的左大臣，兇神惡煞般俯視著伏地叩首的總管和藤花。

躲在木門後面偷看的脩子，被左大臣兇狠的模樣嚇著了。
她第一次看到表情這麼可怕的道長。
道長顫抖著握起來的拳頭，狠狠瞪著藤花。
「扇子怎麼了？」
「那個，呃……」
藤花說得結結巴巴，介入兩人之間的總管，奮力阻止道長靠近她。
「請不要這樣，左大臣大人。即便是左大臣大人，這樣的行為也太失禮了！」
左大臣馬上以嚴厲的眼神命令總管住嘴。
「我是在跟這個侍女說話，你說我失禮，那麼，你膽敢介入就是放肆，還不退下！」
被雷擊般的強烈語氣痛罵的總管，不得不沉默下來。
脩子皺起了眉頭。
「扇子？什麼扇子？」
龍鬼回說：
「左大臣又拿詩歌給藤花了。」
「還說下次他再來時要給他回覆。」
「可是，誰知道他隔天就跑來了，還來得這麼早。」

猿鬼板起了臉，另外兩隻也豎起眉毛，應和它說對啊對啊。

「詩歌……？」

喃喃重複的脩子想起來了。

最近，左大臣動不動就找藉口來拜訪竹三条宮。每次來，都會帶貴公子的書信來給藤花。

藤花是晴明的遠親，身上流著橘氏的血，所以命婦猜測，他是想拉攏藤花，當成自己的棋子。

「藤花怎麼想呢？」

不管左大臣怎麼逼問，藤花都只是伏地叩首請求原諒。

頑強的態度使左大臣更加憤怒。

「妳不回答也沒關係，跟我來！」

左大臣氣沖沖地說，抓住藤花的手臂，硬是把她拉起來。

「請饒了我吧。」

藤花抵抗，可是，一個弱女子根本贏不了男人的臂力。

「左大臣大人，請不要這樣。」

「讓開！」

道長推開上前阻止的總管，硬是拉著藤花跟他走。

「快、快來人啊……」

聽到總管按著胸口邊咳嗽邊叫喊的聲音，脩子想都沒想就跑出去了。

「啊，公主！」

吃驚的小妖們在她背後大叫。

衝進廂房的脩子，站在道長前面，擋住了他的去路。

看到竹三条宮的主人突然跑出來，左大臣也顯得有些退縮。

發現脩子的視線落在自己手上，左大臣不甘願地放開藤花的手，當場跪下來，行了個禮。

「公主殿下萬福金安。」

「道長，你在做什麼？」

脩子打斷場合不對的老套問候，斬釘截鐵地質問。

滿臉不悅的左大臣回脩子說：

「有人無論如何都想與這位晴明的遠親女孩結為連理，根據占卜，今晚正是吉日，錯過這次機會就會出現阻礙，所以，請恕我貿然來帶她走。」

藤花跪拜在地，盡可能地離左大臣遠遠的。

「請饒了我，不要再提這種事……」

「住口！」

道長以粗暴的語氣鎮壓藤花柔弱的拒絕。

「我會從我家選出有知性、有教養的侍女，送來竹三条宮，所以請把這個女孩交給我。」

表面上，道長的語氣依然恭敬，眼睛卻充滿威嚇，要公主乖乖把人交出來。

那樣的行為太不正常了，脩子在憤怒、焦躁之餘，更覺得困惑。

堂堂一個政治中樞的男人，怎麼會做出這麼欠思慮的事呢？

「公主殿下。」

低沉的聲音震撼了脩子的耳膜。剛才被推開的總管和伏地叩首的藤花，都被那股氣勢嚇得肩膀顫抖起來。

但是，脩子被表情兇狠的左大臣目光炯炯地瞪視，也絕不卻步。

她深吸一口氣，平靜地開口了。

「道長，你在說什麼？」

這句話問得唐突，道長啞口無言，皺起了眉頭。

「啊……？」

小妖們從木門後面飛到樑上，進入了廂房。從氛圍可以知道，它們也屏氣凝神注視著這個突發狀況。

伏地叩首的藤花整個人縮了起來，看起來很可憐。脩子瞥見她那個樣子，眨了

眨眼睛。

閃過她腦海的是放在梳妝盒裡，用布蓋起來的那塊布料。

那個顏色非常適合比晴明小許多歲的年輕人。

——應該不會用來做衣服了。

當時，藤花眼中瞬間浮現了悲情。

脩子握緊了拳頭。

「藤花是我的侍女。」

語調強烈得出人意料之外，道長揚起了眉毛。

「可是……」

「住口。」脩子打斷想反駁的道長，毅然決然地說：「藤花不是竹三条宮的侍女，是我的侍女，你沒有權力過問藤花的事。」

左大臣的眼睛燃起了熊熊怒火。

在樑上的小妖們，散發出備戰狀態的氛圍。它們已經擺好架式，只要道長有粗暴的舉動，它們就會毫不留情地迎擊。

「恕我直言，那麼說未免太……」

左大臣瞪著脩子，以壓抑的嗓音低嚷。

但脩子絲毫不讓步。

「你沒聽見嗎？藤花是我的侍女。」
稍作停頓後，她更用力扯開了嗓門說：
「藤花的結婚對象，由我這個皇上的女兒決定。」
聽到這句話，道長也只能默不作聲。
脩子是在向他正面宣戰：現在與你對峙的人，不是未滿十歲的小孩子，而是這個國家最高地位的男人的女兒。
撇開皇上不說，內親王脩子的身分是這個國家最高的。
若要否定這件事，道長也必須否定皇上賜予自己的地位。
更重要的是，身為效忠皇上的藤原一族的首領，絕不允許對皇家血脈有怠慢的行為。
藤原一族的權勢，來自於擁戴皇上。皇上君臨至高地位，有他授意，身為臣下的藤原一族才能掌管政治。
道長不能摧毀以藤原一族為核心，花很長的時間架構出來的秩序。
「……」
左大臣懊惱得咬牙切齒，默默垂下了頭。
「從今以後，也不需要任何貴公子的書信了，請通知你認識的人。」
道長短短回應了凜然的聲音：

「是……」

脩子冷冷地瞇起眼睛說：

「左大臣，你在前往皇宮的途中吧？我知道是你正確地推動著政治，沒有你，這個國家就沒辦法維持。」

這是事實。脩子很聰明。她知道自己可以保有這個身分、可以這樣盛氣凌人，都是因為有擁戴皇上的人。

所以，她也知道必須負起符合這個地位的責任。自從奉神詔去過伊勢後，這樣的想法就在她心中萌生了。

看到道長眼中熊熊燃燒的怒火逐漸平息，脩子馬上退讓了。

「父皇一定在等你了，你走吧。」

道長扭頭往後，瞥了一眼縮著身體伏地叩首的藤花。

顯而易見，他並不服氣。但是內親王都那麼說了，他也只好放手。

把藤花放在這裡，哪天可能會有危險。

道長一直很擔心這件事。但脩子沒問題，看得出來她打從心底傾慕藤花。

藤花本人也對脩子恭恭敬敬，看起來過得很幸福。

但是，道長會放下這個女兒，並不是要她過著這樣的生活。

他想給女兒最大的幸福。曾經把女兒當成政治工具是事實，但並不代表他們之間沒有父女之情。

他想把女兒嫁給門當戶對的貴公子。如果可以明說她是藤原家的女兒，就會有很多外表俊俏、有錢有地位的年輕人蜂擁而至。現在不能明說，讓女兒吃盡了苦頭，道長真的很心疼。

「那麼……」

道長站起來。

藤花用柔弱的聲音從背後叫住了他。

「左大臣大人。」

道長站住了，但沒有回頭。

「非常感謝您溫馨的關愛。」

然後，把「我很滿意現狀」的想法傳達給了道長。

道長向脩子行個禮，走出了廂房。

脩子呼地鬆了一口氣。

「我要休息一下。」

她以動作指示總管和藤花不必跟來，骨碌轉身離開了。

10

一陣風吹過了皇宮。

輪班看守書庫的安倍昌親，忽地抬起了頭。

「風……」

感覺裡面蘊含微微的神氣，昌親欠身而起。

環顧四周。

看到吉昌和陰陽頭從陰陽部那邊跑過來。

「裡面怎麼樣？」

昌親對跑得氣喘吁吁的父親搖搖頭，打開了門。

「剛才父親派來了使者……」

聽到吉昌這麼說，昌親點了點頭。是派了某個神將來。既然是風，不是太陰就是白虎。

敏次依然躺在地上，沉睡在停止時間的法術裡。

三個人越過驅魔的結界靠近敏次，蹲下來看他的樣子。

陰陽頭把刀印的刀尖抵在敏次的額頭上，在嘴巴裡唸起了解除法術的咒文。
吉昌以眼神制止了倒抽一口氣的昌親。
在大家目不轉睛的注視下，敏次的眼皮微微顫抖起來。
「……唔……」
慢慢抬起眼皮後，失焦的眼睛徘徊了好一會。
光線刺眼似的皺起眉頭的敏次，發現三張臉正盯著自己，顯得很疑惑。
「啊……」
陰陽頭用力對敏次點著頭說：
「很高興你撐下來了，再也不用擔心了。」
這句話就說明了一切。
敏次抖動著嘴唇，好像在說什麼。
昌親把耳朵湊過去，清楚聽見了只發出氣音的話。
——是昌浩大人……
「嗯，一定是，我想是吧。」
昌親微微一笑，敏次的臉就泫然欲泣地糾成了一團。
打從心底感到安心的陰陽頭和吉昌，匆匆離開了書庫，去向寮官們通報敏次生還的消息。

「啊……」

還來不及說「怎麼可以讓陰陽頭和博士當跑腿去通報呢」，兩個人就跑得無影無蹤了。

昌親嘆口氣，在敏次旁邊坐下來。今天看守書庫後面的陰陽生是日下部泰和，想必現在也正全力堅守崗位。

「日下部大人。」

出聲叫喚，就聽見了精力充沛的回應。

「是！怎麼了？敏次大人有什麼異狀嗎?!」

語尾緊張、僵硬。

聽昌親說敏次醒了，泰和馬上跳起來，從格子窗往裡面看。

昌親請他進來，但他說職務還沒解除，鄭重地拒絕了，又回去端坐在格子窗下面。

「昌親大人，在其他人來之前，那邊就拜託你了。」

被泰和拜託的昌親苦笑起來。

聽到消息的陰陽生應該很快就會飛奔而來。大家都累到狼狽不堪，但付出總算有了代價，想必心情都會雀躍起來。

響起啪踏啪嗒腳步聲，陰陽生一個接一個衝進來。

「敏次、敏次！」

「太好了！」

「你這傢伙，害我們擔心死了！」

他們百感交集，淚眼汪汪，個個都為敏次的生還興奮不已。

昌親離開現場，在聚集的人群裡尋找哥哥的身影。

最勞心勞力的人恐怕非成親莫屬了。聽說敏次醒來，他一定比任何人都放心、都高興。

「不好意思，請問陰陽博士在哪裡？」

被昌親叫住的陰陽生歪著頭說：

「博士還沒來呢。昨天晚上他輪班輪到很晚，所以應該會比平時晚到。」

「這樣啊，謝謝你。」

「不會。」

昌親向陰陽生道謝後，走向了陰陽部。

可能是所有人都去了敏次那裡，沒有人的陰陽部顯得特別空曠。

陰陽博士的座位上，高高堆著應該是今天之內要解決的文件。

要處理那麼大量的文件想必很辛苦。來晚了，可能就要做到三更半夜。

「還沒來啊……」

走到渡殿四下張望，也不見人影。

「再不快點來，你就遠遠落後陰陽寮所有官員啦，大哥……」

◇　◇　◇

感覺有冰涼的東西碰觸到額頭，昌浩猛然張開了眼睛。

「啊，對不起，吵醒你了嗎？」

是太陰把浸水後扭乾的布放在他的額頭上。

昌浩輕輕地搖了搖頭。

「不會，沒關係……」

低喃的聲音聽起來特別遙遠，感覺就像發高燒時，感官都模糊了。

這裡是某處的屋內。他猜測應該是那間有腐朽柊木的房子。

他想爬起來，可是身體使不上力。

放棄後發出嘆息聲的昌浩，忽地皺起了眉頭。

「太陰，是不是妳的神力……？」

可能是散發出來的神力太過強烈，感覺皮膚又刺又麻。

「啊。」

太陰點點頭，指向昌浩旁邊。昌浩緩緩移動視線，看到一直掛在脖子上的道反勾玉嚴重碎裂了。

「你沒有這個就看不見我吧？所以……」

「原、原來如此。」

了解後，昌浩深深嘆了一口氣。

全身發燙。因為負荷過大，身體發出了慘叫聲。

昌浩閉起眼睛，在記憶中搜尋。

他與神交換將死的命運，為替身之翅接上了新的生命。

說起來簡單，其實需要非比尋常的力量。

要扭轉一個人的命運，會對術士造成這麼慘烈的負擔，昌浩總算體會到了。

再加上靈力幾乎早已用罄，所以道反勾玉撐不住就碎裂了。

差點被釋放的天狐之血是如何控制住的，昌浩不太記得了。

當他提出這個疑問時，太陰移動了視線。昌浩循著她的視線望過去，看到靠牆而坐的比古，和躺在地上的冰知。

「是他們兩人想辦法救了你。而且，你也知道冰知是神祓眾，一直在調查你吧？為了將來的長遠打算，他在菅生鄉不斷摸索控制天狐之血的方法。」

太陰說得若無其事，昌浩的臉卻緊繃了起來。

「咦、咦……」
等等，神祓眾還沒放棄嗎？
太陰說冰知沒辦法動，所以實際施行控制法術的是比古。
「這樣啊，比古，謝謝你救了我。」
昌浩誠心感謝，比古微微一笑，忽地站起來。
「我去拿水來。」
比古簡短丟下一句話，就踉蹌地走出去了。
太陰憂慮地看著他走出去。
「他一直都是那樣，幾乎什麼話都不說。」
智鋪操縱真鐵的身體好幾年了，比古明明察覺了，卻下不了手殺死他。
這些事重重壓在比古心上。
但是，昌浩沒辦法為他做什麼。昌浩很想幫他，可是，不知道該怎麼幫。
昌浩眨眨眼睛，望向冰知。
「冰知的傷勢怎麼樣？」
「很嚴重，本來想等你醒來就回菅生鄉。」
昌浩瞪大了眼睛。
「妳應該把我放在這裡，先送冰知回去啊。」

太陰聳聳肩說：

「我是很想那麼做，可是……再怎麼樣都不能沒有護衛吧？」

「咦……有六合啊……」

昌浩還沒說完，太陰的視線就滑向了某處。

她看著什麼也沒有的地方。

發現昌浩滿臉狐疑，太陰眨眨眼睛說：

「啊，對了，你看不見，六合就躺在那裡——他的神氣被汙穢連根拔除，昏睡不醒。」

昌浩心想原來是這樣。看不見也就算了，竟然連一點點的神氣都感覺不到。神氣被奪走到這種程度，就跟在京城昏迷的小怪一樣，不知道什麼時候才會醒來。

太陰說其實冰知剛才還有意識，所以她把昌浩、六合交給冰知和比古，先把皇上和敏次的魂虫送回了京城。

把兩隻魂虫交給晴明，就直接折返了。

「剛才晴明的式來過，說敏次和皇上都獲救了。」

昌浩聽說後，總算大大放心了。但心安的同時，眼角也熱了起來。

「太好了……」

儘管把能用的力量全都用光了，但敏次能夠回來，就值得了。

或許要花很長的時間才能復元，但這也是沒辦法的事。
智鋪祭司消失了，造成樹木枯萎的文目也跟柊子去了門的那一邊。
結果，再也不會有人知道真的門在哪裡了，或許這樣也好。門一打開，黃泉大軍就會湧現地面。最好是被埋藏在某處，永遠不為人知。
回京城前，必須先祓除四國和中國殘留的汙穢。
這件事不會有問題。昌浩一個人可能做不到，可是還有比古和冰知。他們雖然也遍體鱗傷，但復元後都是非常值得信賴的術士。
「我睡一下……」
聽到低喃聲的太陰把頭轉回來時，昌浩已經發出打呼聲了。
太陰聳聳肩，低聲笑了起來。

天空燃燒著一整片的晚霞。
走出屋外的比古，往腐朽的柊木用力捶下去。
「必須……由我動手才行啊……」
比古應該親手殺了被智鋪附身的真鐵，不該讓昌浩動手。然而，比古卻下不了手。
昌浩劈下的雷神之劍，直接擊中了真鐵，把他的身體劈得粉碎。

屍骸片甲不留。

比古垂頭喪氣地站在朽木的樹根處。

「你最後還是連遺物都不留給我呢……真鐵……」

◇　◇　◇

太陽西沉，夜幕覆蓋了整個世界。

攤開書來看的脩子，發覺天色已經暗到看不清楚文字了。

正要叫人時，藤花就拿著蠟燭走了過來。

「公主，我來點燈……」

她先給燈台添油，再用蠟燭的火點燃燈芯。燈台點燃的火焰長長往上升，迷迷濛濛地照亮著竹三条宮的主屋。

藤花把蠟燭放在一邊，開始骨碌骨碌地捲起攤開後散落各處的圖畫故事的捲軸。

「那是……」

脩子開口想辯解，藤花笑盈盈地說：

「我知道，是小妖們亂丟的吧？」

那三隻小妖會找種種樂子來讓脩子開心，但美中不足的是，從來顧不到收拾善後。

滿臉尷尬的脩子說：

「我本來想等一下就收拾乾淨，可是，後來又忘了……」

在看新書的時候，時間不知不覺就過去了。

「它們呢？」

「說要去安倍家，剛才全衝出去了。」

「是嗎？這樣啊。」

因為脩子喃喃說著很擔心沒回來的風音，所以它們替她去看風音了。

藤花正以熟稔的手勢捲著圖畫故事的捲軸。脩子輕輕闔上書，又把視線拉回到她的背部。

忘了是什麼時候，她曾說要永遠待在這裡侍奉脩子。

但是，那樣下去恐怕不行。

脩子在膝上握緊雙手，讓自己鼓起勇氣，把該說的話說出來。

「藤花……」

「是？」

抱著好幾本圖畫故事的藤花轉過身來，脩子卻躲開了她的視線。

「公主？」

疑惑的藤花把圖畫故事收進箱子裡，再走到脩子附近坐下來。

「怎麼了？公主。」

脩子背向了藤花。

藤花正要把手伸向低著頭的脩子的背部時，脩子開口了。

「呃，那塊布料——」

聽到突然切入的話題，藤花驚訝地縮回了手。

她知道脩子說的就是她放在房間裡的那塊布料。

「哪天一定要做成衣服。」

脩子背對著藤花，抬起了頭。藤花發覺她的肩膀微微顫抖著。

「但不是現在……對了，等幫我做好裳著儀式的衣服以後吧。」

裳著儀式是女子的成人儀式，應該再過不久就會舉辦了。

「用那塊布料做好衣服後，妳就離開這裡。」

脩子拚命搜索辭彙，說得結結巴巴。

因為流淚的關係，她的聲音在顫抖。

「妳要離開……做好衣服後，就不准再留下來。」

脩子抖動喉嚨，吸入了空氣。

「一条不是很遠，所以，妳隨時都可以回來，可是……」
藤花的嘴巴動了起來，重複著「一条」這兩個字。
那裡有妖車棲息在橋墩的戾橋，還有——安倍家。
「妳不可以回來，妳要一直乖乖待在那裡。」
「……嗚。」
藤花不由得深深低下了頭。
淚水從她臉頰滑下來。
脩子不知何時發覺了。發覺藤花隱瞞的事、發覺被竹簾隔開的事、發覺連作夢都已經放棄的事。
然後，還允許曾經發誓要永遠隨侍在側的藤花離開這裡。
「公主……」
不久前，這個未滿十歲的孩子還曾聲嘶力竭地要求她不可以離開。
而今，她在藤花還不覺時成長了。因為發生過太多事，逼得她不得不成長。
藤花很高興她有這樣的想法，卻又為她被迫成長感到莫可奈何的悲哀。
藤花用袖子拭淚。
「謝謝妳，公主……」
脩子默然點頭，像要掩飾什麼似的說：

「拿什麼喝的東西來吧。」

「是。」

欠身而起的藤花，在起身的那一剎那，聽到輕微的咳嗽聲。

她反射性地轉過身，看到脩子弓著背，摀住嘴巴。

從起初的小咳，逐漸增強為劇烈的大咳。

「公主，妳還好嗎？」

藤花靠過去搓揉脩子的背部時，從她口中傳出了喀的渾濁聲。

「唔……」

脩子張大眼睛，茫然地看著自己的掌心。

她的掌心和嘴巴，都沾滿了湧出來的紅色鮮血，在燈台火焰的照耀下，顯得詭譎妖異。

「唔……」

脩子按住脖子，彷彿有東西要從腹部深處經由喉嚨湧上來。

「公主……」

藤花的低叫聲，被脩子再度大量吐血的聲音掩蓋了。

脩子就那樣搖晃傾斜，倒在血泊裡了。

有個紅統統的東西，從她沾滿鮮血的嘴唇爬了出來。

仔細看，像是剛羽化的蝴蝶。
藤花被濃烈的血腥味熏得頭暈目眩。情況過於危急，把藤花嚇得思考完全凍結，身體不能動彈。
「藤花大人——」
突然響起的叫喚聲，對藤花來說簡直是上天的救援。
「菖蒲……」
臉色蒼白地轉過身來的藤花，中斷了後面的話。
嫋嫋搖曳的燈台光線，照出了站在主屋木門前的女人的臉。藤花注視著那個人，連呼吸都忘了。
這是誰呢？
竹三条宮有這麼美麗的女人嗎？
美到令人無法轉移視線、美到令人神魂顛倒、美到令人害怕。
美貌的主人陶然一笑。
「妳怎麼啦？藤花。」
藤花認得這個聲音。
「……菖……蒲？」
女人露出妖媚的笑容，走向倒在地上的脩子，把染得紅統統正在發抖的蝴蝶撿

起來，全然不顧白皙的手指會弄髒。

「藤花大人，感謝妳這段時間的照顧，再見。」

女人看看手上的蝴蝶，再看看藤花，忽地瞇起了眼睛。

瞬間，不知從哪吹來了一陣風。

燈台和蠟燭的火焰都咻地熄滅了。

風吹過了陷入黑暗的主屋。

藤花記得這個風。

心臟怦怦狂跳起來。

是在伊勢。

送葬行列來帶人走的時候。

眼睛在黑暗中看不見東西，藤花拚命尋找脩子。

「公……主……」

儘管身上的衣服和手都被黏稠、溫熱的東西濡溼了，藤花還是不顧一切地抱起脩子，慘叫似的大叫起來。

「來人啊，快來人啊——！」

◇　◇　◇

呸鏘……

男人單腳下跪，迎接隨風降落在黑暗中的女人。

「恭候大駕。」

女人對男人的應對很滿意，點點頭，舉起了沾滿血的蝴蝶。

「柊為我們指示了道路吧？」

智鋪祭司微微一笑，跨出步伐帶著女人往前走。

「阻礙者一個也不剩，煩惱根源全都斷絕了。」

「是嗎？很好。」

柊眾犯了罪，就會被排除在投胎轉世的輪迴之外。只能去黃泉之門的另一邊，不能在世間徘徊，因為他們的記憶本身就是門的地圖。

「文目臨走前，為我們留下了通往門的軌跡。」

「我們那麼疼她，為我們做這點事也是應該的。」

女人看著沾滿血的白色蝴蝶，露出了微笑。

門的鑰匙是神之血、與神相關者之血，以及——神的後裔之血。
血中蘊藏的力量越濃，越能完成身為鑰匙的使命。
而內親王脩子是現存皇族中，唯一一個天照大御神的分身靈。
「終於可以把大神請到這地上了——」
欣喜雀躍的聲音融入了黑暗中。

『——以此骸骨為礎石，將會打開許久未開的門吧……』

呸鏘……

黑暗中響起水滴淌落的聲音。
響起血滴淌落的聲音。

不久後。
從黑暗深處，傳來被隱藏至今的大磐石移動的低沉、笨重的聲響。

定能將人誘入鋪設之路的咒語。

其名為——「預言」。

後記

來聊聊在上一集的後記說會在下一集繼續聊的事吧。

與皇室也有深厚淵源的古剎——淨土宗大本山清淨華院。

在哪呢？就是在京都御所的東邊，梨木神社的正旁邊。那附近是佛寺街，除了清淨華院外，還有好幾座佛寺櫛比鱗次。

我想就在御所旁邊，應該很容易找，沒想到連對京都觀光很熟的計程車司機都有人不知道這裡，所以更有「私房景點」的感覺。

據說，清淨華院以前是「禁裏（禁宮）內道場」，在皇宮裡面。

在電影、漫畫裡，當今皇上要進行祈禱儀式時，就會下令「叫僧都來」，來自皇宮外的僧都，就是在禁裏內道場進行祈禱儀式。

原來我也寫過的那種場面，就是在這裡呢。

那一天，京都下著傾盆大雨。雨勢真的大得驚人，大到害我不禁懷疑，難道是我被清淨華院的神明拒絕了嗎？我真的這麼想。

好不容易到達後，我跟出來迎接的師父草草打過招呼，就趕快跟他要了報紙。

在鞋子裡塞報紙吸乾水分這種事，學生時代之後就沒再做過了……
這麼期待的日子居然下起大雨，我覺得很洩氣。戴眼鏡的師父卻對我說：
「不會啦，下這麼大的雨是吉兆呢。每次我們有什麼大的活動，有淵源的龍神大人就會降雨，所以這次也是龍神大人動起來了呢。」
原來是這樣啊。那麼，我淋成落湯雞應該也有特別的意義吧？對了，這位就是我打電話來詢問時回答我的師父。很感謝他當時的親切回答。
之後，他把我帶到了事務所最裡面，與這次為我講解的法務部長見面。
「歡迎妳來。剛好今年秋天，要公開泣不動緣起繪卷裡畫的秘佛繪像。」
哇，就是弟子成為替身那幅畫吧？
題外話，這時我才知道被畫成圖的佛像稱為「繪像」。
「那個繪像在倉庫裡沉睡了幾百年，現在拿出來修復了。」
咦？
「因為不動神明繪像埋怨『太暗了，沒辦法在這裡做事』。」
咦、咦？
據師父說，有個具有神通力量的師父，因緣際會來到這裡，不動明王就透過那位師父的嘴巴自己說出來了。
喔……嗯……佛寺一定會有這種事吧……所謂有力量的佛像，一定就是這樣

吧……神社也常有這種事……嗯……這是常有的事。
況且，不動明王是萬能之神，可以讓大願、驅逐病魔、保護家庭平安等所有祈求成真，所以最好能請祂好好做事。對了，這裡的驅逐病魔特別靈驗呢，我聽說了種種案例，嘿嘿嘿。

「所以今年秋季十月二十八日會舉行秘佛開眼法事，請妳務必光臨，因為那是與安倍晴明相關的畫卷的繪像。秋季以後，會一直擺在主神的旁邊。話說那幅畫卷……」

這位師父說話十分爽朗，身分是執事，好像是個大人物。
執事的工作是照顧佛寺裡地位最崇高的住持（在清淨華願稱為法主）的生活起居，並處理種種雜事。原來如此，執事就是那個執事。
真的是個大人物，個性卻非常豪邁，笑容可掬。但目光炯炯，聲音洪亮渾厚。用這個聲音唸經或唱誦真言，一定很好聽。
而且，他說起話來很幽默，又有韻律感。我聽得很開心、很入迷。
泣不動緣起繪卷與安倍晴明、陰陽道之間的關係，他也說得非常詳細。但是真的太有趣了，所以我決定拿來當下次的《大陰陽師　安倍晴明》或新作的話題。就不在這裡說了，請大家拭目以待。
既然來了，我就順便請教了與我的人生幾乎毫無瓜葛的佛教、淨土宗的事。
沒想到他說：

「日本的佛教是經過了革新。」

革新?!什麼意思?!

我的人生是神道一直線，與佛教無緣。佛教於我，頂多只有在日本史的課堂上學過的知識，感覺有很多相似的東西，很難搞懂。

然而，應該是艱深難懂的佛教的種種，卻順暢地進入了我的大腦，太驚奇了。他舉出許多淺顯易懂的例子，幫助我理解。

太厲害了，這麼會教人。在我的人生中，第一次真正覺得佛教太有趣了！

哎呀，關於我對佛教的「知識慾開眼」故事，就不用再說了。

我特別請教了與安倍晴明相關但沒公開的事，來說說這個比較重要。

清淨華院腹地內的不動堂，供奉著不動明王木像。唸誦真言說不定會有好事發生，起碼可以用不動明王的利劍驅逐邪氣。

其實，不動明王的真言有兩種，這裡唸的竟然是跟昌浩唸的一樣呢。而且，不動明王像的旁邊，竟然是……！

有興趣知道是什麼的人，請到事務所取得允許，去不動堂看看吧。

還有一件事，據說也是知者知之不知者不知。

清淨華院有兩個公開的御朱印④，就是改宗開山的法然上人與不動明王。但是去事務所拜託「請給我晴明的御朱印……」，也會應要求特別書寫晴明的御朱印呢。

另外，我個人感到有興趣的是，每月二十八日下午三點開始舉行的護摩供養。就是焚燒護摩木的儀式，把寫上心願的護摩木燒掉，跟著直達天際的火焰祈禱。感覺只有特別時候才會舉行的焚燒護摩木儀式，在這裡是每個月舉行，而且任何人都能參加。只要花幾百日圓，又能寫護摩木，向幫助過昌浩無數次的不動明王祈禱。當然要去啦。

原則上，也請教了佛寺的參拜方式。

「每個宗派不一樣，盡可能抱持平靜、舒暢的心情，合掌就好，不必像神社那樣拍手擊掌。合掌向主佛或佛像行禮。」

最後，法務部長說了以下的話。

「佛像這樣的物品，尤其是聞名的國寶，怎麼看都像展示品吧？訪客不會有太大的意願低頭行禮吧？但是，對我們來說，不論是不是國寶，都是每天早晚要禮拜、祈禱、尊崇的對象。所以，會希望佛像能記得我們每天面對祂們時的心意和所做的祈禱。在佛寺工作的出家人，都是以禮節和敬意，珍惜所有的佛像。」

這番話說的不只是佛教而已。

我覺得是在傳達，人與人之間若要彼此相關地活下去就必須重視的事。

兩個半小時的採訪所得到的訊息太過龐大，完全不是後記可以寫得完的，所以我會毫不保留地運用在今後的作品上。

清淨華院是不動明王很靈驗的安倍晴明私房景點，去京都旅行時可以去參觀看看。運氣好的話，說不定可以聽到師父們說有趣的事。

還有，別忘了晴明御朱印和護摩木。

少年陰陽師第九章道敷篇，大家覺得如何呢？請務必來信告訴我感想。

寫到這裡真的花了好長的時間，但終於把路鋪完了。

《少年陰陽師》這個故事，將從下一章開始邁向結束了。

接下來會怎麼進展？會面對怎麼樣的未來？請千萬不要錯過。

那麼，期待下一本書再見了。

結城光流

小怪的陰陽講座

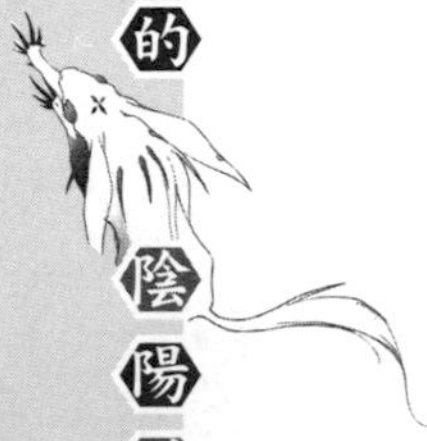

④佛寺戳章加題字。

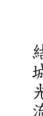

國家圖書館出版品預行編目資料

少年陰陽師．肆拾柒，替身之翅／結城光流著；涂愫芸譯 .-- 初版 .-- 臺北市：皇冠，2017.01
面；公分 .--（皇冠叢書；第 4596 種）（少年陰陽師；47）
譯自：少年陰陽師 47：かたしろの翅を繰り紡げ
ISBN 978-957-33-3279-4（平裝）

861.57 105024537

皇冠叢書第 4596 種
少年陰陽師 47

少年陰陽師——
替身之翅

少年陰陽師 47
かたしろの翅を繰り紡げ

作　　者—結城光流
譯　　者—涂愫芸
發 行 人—平雲
出版發行—皇冠文化出版有限公司
台北市敦化北路 120 巷 50 號
電話◎ 02-27168888
郵撥帳號◎ 15261516 號
皇冠出版社（香港）有限公司
香港上環文咸東街 50 號寶恒商業中心
23 樓 2301-3 室
電話◎ 2529-1778　傳真◎ 2527-0904
總 編 輯—龔槵甄
責任主編—許婷婷
責任編輯—蔡承歡
美術設計—嚴昱琳
著作完成日期— 2015 年
初版一刷日期— 2017 年 1 月

法律顧問—王惠光律師

讀者服務傳真專線◎ 02-27150507
電腦編號◎ 501047
ISBN ◎ 978-957-33-3279-4
Printed in Taiwan
本書特價◎新台幣 199 元 / 港幣 67 元